감성과 색채의 소설

입실
파티

감성과 색채의 소설

입실
파티

변 영 희 소설집

국학자료원

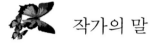

작가의 말

그리운 사람아!

나 언제 이런 곳엘 와 볼 수 있었을까.

나 언제 나무결에 윤이 흐르는 대청마루에 걸
터앉아 따순 햇살 쪼여 보겠나.

청매화 홍매화 피어나는 삼삼森森한 풍경을 고
요히 바라본 적 있었던가.

이처럼 하늘과 땅이 가없이 펼쳐진 광활한 시
공속에서 자신만의 시간 누려보았나. 한 점 먼지
같은 인생 여정을 돌아보며 반성과 회오에 젖어
볼 수 있겠는가.

무등산 자락을 넘어오는 청량한 바람을 체감해
볼 수 있겠는가. 대자연이야말로 진정한 스승이
며 치유의 女神임을 깨달았더라.

아! 그러나 안타까운 일.

은우恩佑의 건강이었어라! 무자비한 항암제와
방사선이 이미 정도를 넘었음이라!

암이라는 강적을 칼, 창, 각종 무기를 동원하여
물리적으로 공격하다가 돌이킬 수 없는 지경에
이름이러라. 건드리지 말고 그냥 두었더라면 한
생명이 저리 참람하게, 저리 신속하게 스러지지
는 않았을 것을,

자기 몸에 의사가 있는 줄 모른 채, 자연을 거
스려 병원이라는 무간지옥無間地獄에 겁없이 뛰
어 들어간 결과 아닌가. 꽃샘바람에 시린 손 호
호 불며 쑥을 캐다가 우리는 율무밭 고랑에 주저
앉아 울음을 터트렸지.

이제는 가고 없는 사람아! 내 어찌 그날을 잊을까. 내 어찌 너를 잊을까.

너의 보물이던 두 녀석을 지상에 남겨 두고 너는 지금 어디를 헤매고 있는가.

세월 지나갈수록 더욱 사무치는 사람아!

아름다운 장미의 계절에 단편 8편을 묶어 소설집을 출간한다. 책을 낼 때마다 부끄러움이 앞선다. 독서와는 거리가 멀어진 세상과, 죽어라고 엎드려 글을 쓰는 나의 모습이 상반되기 때문이다. 어렵게 용단을 내렸다. 이것이 숨결이 바람이 된 은우와의 소통방법이라면 과장일까.

여기 실린 8편 중 대부분은 때늦은 학문의 과정에서 겪은 소회가 끈끈하게 녹아있다. '겸허하면서 진지한, 깊은 산속에서 맑은 샘물이 솟아나

듯, 은근한 비파소리처럼 사람의 영혼을 정화시켜 준다, 신선하고 향긋한 풀 향기가 폴폴 난다'는 그 말이 이번 책에서도 맞아떨어질는지는 알 수 없다. 다만 안주하지 말라! stay hungry! 스티브 잡스의 말을 기억한다.

어려운 여건 속에서도 흔쾌히 출간을 결정해주신 국학자료원 원장님과 직원 여러분께 깊은 감사를 드리며, 멋진 그림을 제공해준 큰 아들 胤洪에게도 고마움을 표한다.

이 책을 사랑하는 두 녀석을 남겨두고 하늘나라로 떠난 며늘아기 은우의 영전에 바칩니다.

 2019년 늦은 봄
변 영 희

7

차 례

그 가을의 카오스 chaos

그 가을의 카오스 chaos

　미로迷路와 혼돈混沌은 동의어인가. 혹 전혀 다른 뜻을 내포하고 있다면 그 둘이 서로 어떻게 다른가. 또한 그것들은 정도 아닌 외도로 나아갔을 때 파생하는 마음의 작용을 의미하는 것인가에 대하여 희경 씨는 현재 연구 중이다.

　제일 먼저 그녀가 한 일은 민족문화사에서 ○○년에 새로 발행한 증보판 국어대사전을 찾아보는 일이었다. 다른 책값에 비해 다소 값이 나가는 국어대사전을 출간되자마자 선뜻 구입해 놓았으므로 두 단어를 찾는데 특별히 국립

중앙도서관으로 진출, 또는 인터넷 검색으로 시간을 소모하거나 애쓸 필요는 없다.

그녀는 책 선반 중간 쯤 위치에서 먼지를 뒤집어쓰고 있는 국어대사전을 꺼내 먼지부터 닦았다. 입으로 혹 하고 불었지만 시커먼 먼지가 끈끈하게 달라붙어 있어 좀처럼 떨어져 나갈 성 싶지 않다. 냅킨을 손에 쥐고 문지르다가 먼지를 무시해 버렸다.

혼돈과 미로라는 두 단어가 각기 어떤 뜻을 가졌으며 어떤 의미로 사용되고 있는가를 살펴보기 위하여 민족문화사 간행의 국어대사전을 지목한 것은 현명한 방법이었다. 그녀는 무게가 2kg은 족히 넘어 보이는 국어대사전을 들고 책상으로 왔다. 먼저 미로라는 단어부터 살펴보았다.

미로 : 1. 어지럽게 갈래가 져 한 번 들어가면 **빠져나오기** 어려운 길. ~처럼 헷갈리기 쉬운 산동네 골목길을 **빠져나오다**. 2. 해결할 방도를 찾을 수 없어 곤란한 상태. 3. (생) 내이(內耳). 4. (심) 동물이나 인간의 학습 연구에 쓰이는 장치의 하나〈출발점에서 목표까지 이르는 길을 섞갈리게 만들어 놓고 잘못 가는 횟수 및 걸리는 시간이 줄어드는 것을 평가함〉

그녀는 미로라는 한 단어에 여러 해석이 부가된 내용을 훑어보며 이번에는 책장을 한 참이나 넘겨 혼돈이란 단어로 시선을 이동했다. 혼돈은 국어대사전에서 가나다순의 거의 마지막 페이지 부분 'ㅎ' 계열에서 찾아냈다.

> **혼돈 : 1.** 하늘과 땅이 아직 나뉘지 않은 상태. 2. 사물의 구별이 확실하지 않음 또는 그런 상태. 정치적으로 ~ 상태에 **빠지다.**

등이었다.

혼돈의 의미로 하늘과 땅이 아직 나뉘지 않은 상태라고 하는 풀이에서 그녀는 얼핏 성서의 한 구절을 기억했다. 성서에 나오는 혼돈의 설명이 혼돈의 의미로 가장 적확한 것이라는 판단이 섰다.

이를테면 카오스(혼돈)의 상태. 빛도 천지도 인간도 구분이 안 되는, 암막한 현실 그대로가 아닌가. 혼돈이란 단어가 살아 숨 쉬는 생물체가 되어 그녀의 내부로 속속 침투하는 느낌이 강하게 밀물져 옴을 느끼지 않을 수 없었다.

미로가 주는 곤란한 상황, 어디에서 어떻게 출구를 찾아야 하는지, 가도 그 길, 안가도 그 길인 듯, 헷갈리는 미로의 현실보다 더 복잡성을 띤 혼돈의 상태, 그것은 시종 뒤숭숭하게 얽혀버린, 희망에 관련한 어떤 감도 잡을 수 없는 희뿌연 절망의 벽이 아니고 무엇이겠는가.

그녀는 민족문화사의 증보판 국어대사전을 덮고 책상 앞에서 몸을 일으켰다. 몸은 일어섰으나 예의 미로였고 혼돈한 것들이 무리지어 달려들어 사지백체와 기관 부위를 집단 공격해오고 있는 착각에 흠칫 놀랐다. 어떤 상처보다도 어떤 칼날보다도 미로나 혼돈은 현재의 그녀에게 두려움 바로 그것이라 해도 과언이 아니다.

'도망가자!'

그녀의 내부에서 들려온 소리였다. 능히 도망치고 싶다는 그와 비슷한 영혼의 미세한 움직임이나 기척은 너무도 또렷하게 뇌리를 콕콕 자극해왔다. 단지 그녀가 한 일이라면 좀 더 세밀하고 정확한 정보를 위하여, 민족문화사의 증보판 국어대사전에서 두 개의 단어를 찾아 본 것뿐이건만 그녀의 심적 동요는 가히 설명이 무색할 지경으로 변환된 점이 특이했다.

그녀는 대한민국에서 가장 크고 유명한 여의도 ○○교회에 다니던 시절이 생각났다. 주일 하루 뿐 아니라 한 주일 내내 교회 일로 쫓겨 다니던 일들이 주마등처럼 뇌리에 스쳐 지나갔다. 아침에 잠깨면 성경이요, 입을 열면 찬송가요, 사람을 만나면 주 여호와 예찬 일색이었다. 그녀를 감동시킨 것은 그러나 무엇보다도 판에 박은 듯한 기복에 대한 목사님 설교와 복종의 논리보다 찬송가의 경쾌한 리듬이었다.

구약 성경 속에 나오는 인물의 족보로 보이는 창세기를 읽는 중에 찬송가 선호 성향은 더욱 굳어지지 않았나 여겨진다.

제4차 산업시대가 도래한 21세기 인류에게 가족이나 족보의 개념이 그다지 중요성을 가질 수 없다는 것은 누구나 다 아는 사실이다. 핵가족과 개별화로 흐르고 있는 현대인들에게 조부모조차도 가족의 범주로 포함시키지 않는 경향이 두드러진다고 매스컴에서 본 것 같다.

그녀는 창세기에서 혼돈이란 단어는 어떻게 서술되고 어떤 뜻을 함의하고 있는지 살펴보기로 했다.

창세기는 성경 신 구약 66권의 제일 첫 장에 해당하며, 창세기라고 하는 제목은 14호 정도의 고딕 글자로 표기했다. 그 아래에 다음과 같은 소제목이 보인다. 천지창조이다. 이 지구상에 전무후무한, 거창하고 담대한 타이틀이 아닐 수 없다. 천지창조라는 어휘의 뜻으로 보나 어감으로 보나 함부로 접근하기 어려운 중량감이 느껴지는 대목이다.

"태초에 하나님이 천지를 창조하시니라."

서두에 그 문장을 수식하는 형용사나 부사도 없이 단번에 천지창조를 선언하고 있다.

"땅이 혼돈하고 공허하며 흑암이 깊음 위에 있고, 하나님의 영은 수면 위에 운행하시니라."

혼돈이란 말이 모습을 드러내고 있는 것을 볼 수 있다. 땅이 왜 혼돈하고 공허한지, 그 이유와 과정에 대한 일체의 접근을 거부하면서 선포⟨『성경』, 성서원, 2007, 창세기, p1⟩하고 단언하고 있다. 수면 위를 운행하는 것은 하나님이 아니고 하나님의 영靈이라는 사실도 주목해야 한다. 여기에서 영은 하나님의 성령을 말함인가. 그야말로 칠흑 같이 어둡고 혼돈하고 공허한 와중에, 실체가 아닌 영으로서의 하나님이 운행하는 까닭을 헤아려 봄직 하다.

그녀는 여기에 이르러 예의 몸서리나는 혼돈이라든가 미로의 그물망에 다시 걸려든 낭패감을 부인할 수 없었다. 그러나 성경을 읽으면서는 절대로 의심이나 의문은 금물이라고 그녀가 거주하는 B구역 담당 목사님은 구역예배 시간에 단호하게 일갈한 바 있다. 기독교는 계시의 종교이기 때문이라고 했다. 의문 나는 곳이 있더라도 질문 없이 통과로서 지나치는 일이 다반사였다. 그녀가 다닌 성경대학교에서도 유일신인 하나님을 무조건 믿고 복종하면 축복은 저절로 따라오는 것이라고 배웠다. 수동적이고 타의에 의한 구원에 초점을 맞춘 것이다.

이번에는 주역周易의 대가라고 알려진 대산 선생님의 ≪대산주역강의≫를 책장에서 집어 들었다. 이 책에도 혼돈이나 미로와 비슷한 용어를 해석한 부분이 있다고 알고 있었다. 인간의 영혼을 구원하고 다스리기 위한 수단으로서의 모든 종교가 표방하는 교리는 사랑이라는 공통점 내지 유사점이 있고, 나아가 한 종교가 다른 종교의 교리에 영향을 받거나 수용하고 모방하는 경우도 수다할 것이었다.

5천 년 전 중국의 복희씨에 의해 창안되었다는 팔괘에서도 인간이 자연재해의 위험과, 타부족의 침략에 대비하기 위하여 미래예측이나 의식, 제사에 인용되던 규범 같은 것들이 분명 존재했음을 주지하고 있었다.

그녀는 역易에 관계된 기본용어 중에서 제일 처음 나온 것이 태극太極이라는 사실을 유의했다. 태극이란 단어 아래 다음과 같은 말이 부연되었다.

"우주만물이 있기 이전에 공허하고 혼돈했을 상태를 태극이라고 합니다."

'혼돈했을 상태'는 무엇인가. 불확실에 대한 가정법 전제인가. 희경씨는 모호함을 느꼈으나 그 다음에 이어지는 문장을 읽어 내려갔다.

"공간적으로는 클 '태' 덩어리 '극'이는 글자 그대로 큰 덩어리라는 뜻이고, 시간적으로는 처음 '태' 끝 '극' 즉 처음부터 끝까지. 다시 말하면 태초로부터 궁극에 이르기까지를 말하는 것으로, 태극은 공간적으로나 시간적으로 끝이 없기 때문에 무극無極이라고도 합니다. 무극이라고 하는 태극을 근본으로 해서 우주만물이 나왔기 때문에, 태극은 모든 만물의 시작이고 으뜸이자 중심이 되며, 또 인격을 부여해 만물을 다스리는 상제上帝로 보기도 합니다."〈김석진, 『대산주역강의1』, 한길사, 2005, pp62~63참조.〉

주역에서도 혼돈이라는 단어가 등장하고 있다는 사실이 중요했다. 주역은 공허하고 혼돈한 상태를 태극으로 풀이했다. 태극은 시작이고 으뜸이고, 중심 또는 만물을 다스리는 상제로 보기도 한다고 했다. 성경에서처럼 혼돈의 양상을 흑암의 깊음이라고 말하지 않고, 자연 현상 그대로를 나타내고 있었다. 그녀는 상제라는 단어가 초기 가톨릭에서 일컫는 하느님의 또 다른 존칭이었음을 상기했다.

그녀는 한국 최초의 가톨릭교회 창립 선구자인 이벽〈이성배.『유교와 그리스도교』. 분도출판사. pp196, 221참조.〉에 대하여 잠시 짚고 넘어갈 필요가 있음을 느꼈다. 1754년 경기도 광주에서 태어난 이벽의 신학 사상은 조선말 실학의 대가 정약용에게 절대적인 영향을 미친바 되었으며, 이벽은 이승훈으로 하여금 북경에 영세를 받으러 가게 한 장본인이었다고 전한다.

천주공경가와 성교요지의 저자이기도 한 이벽의 신학은 맹목적으로 서양의 신학을 직수입하여 받아들이기만 한 게 아니다. 그리스도교의 메시지를 소화하여 자기 것으로 만든 다음, 그 교리를 한국의 문화유산에 뿌리를 두어 다시 표현했다는 점에서 유학적 신학이라고 이름 지을 수 있다. 마치 이탈리아의 마테오리치 신부가 중국에 선교하러 갔다가 먼저 그 나라의 문화와 전통, 그리고 유교 불교 도교를 공부한 것처럼.

이벽이 저작했다는 천주를 공경하라고 호소한 천주공경가와 성교요지가 중국의 시경詩經, 서경書經에서, 하느님 즉 절대자에 대한 개념을 표현한 용어 '상제'란 말로 시작해서 상제란 말로 끝나고 있다는 점이다. 또 어떤 문헌에서는 중국보다 앞서 동북 간방인 고조선에서 상제문화의 시원을 찾아볼 수 있다고 주장한 설도 있었다. 이로써 한 종교가 하늘에서 뚝 떨어지거나 땅에서 솟은 것이 아니라면 다른 종교에서 영향을 받은 점에 대한 증거는 충분히 납득할 수 있었다. 영향을 받았다는 것은 인류의 구원자는 한 인물이거나, 지역과 민족마다 서로 다른 인물일 가능성도 배제할 수 없지 않은가. 이러한 사유 역시 혼돈의 산물인가? 그녀는 점점 더 애매모호한 상념 속에 깊이 빠진바 되었다.

"태극은 자연형태 그대로 순수하고 맑고 아름다운 것으로서'태'자를 우리나라에서는 콩'태'라고도 합니다. 콩을 물에 불리면 양쪽으로 떡잎이 나오고 속에 심벌이 나오는데 이것이 바로 태극의 인仁입니다. 태극 속에는 영생불멸의 생명체가 있어 만물은 그 생명체를 받아서 나옵니다. 나무 열매가 땅에 떨어져 썩을 것 같아도 싹이 되어 다시 나오는 것은 바로 태극의 영생하는 핵을 보유하고 있기 때문입니다."

주역 책에는 혼돈한 상태를 태극으로 설정해 놓았다. 태극은 순수하고 맑고 아름다운 자연형태 그대로라고 말했다.'태'를 콩 '태'로 해석한 것, 콩의 떡잎 속에서 싹트는 인에 대한 설명은 그녀에게 감동이었다. 마치 불교에서 말하는 불에 태워도 소멸되지 않는다는 제8 아뢰야식의 의미를 연상케 했다.

"모든 생물은 나와 똑같은 생명체를 갖고 있으므로 내 생명이 소중하듯 남의 생명도 소중합니다."

혼돈한 상태로서의 태극은 생명 존중의 사상으로 발전, 태극이란 언어가 갖는 광의와 협의의 뜻은 모든 영역으로 광범위하게 확대되었다. 그리고 태극을 시발점으로 하여, 우주만물은 수시로 변화해 간다는 자연의 섭리에 접근할 수 있었다. 무엇 하나 한 자리에 고정으로 머물러 있는 것이란 없다고 하는 우주변화의 심오한 원리가 그 속에 내재하고 있었다.

그녀는 주역 책을 덮었다. 똑 떨어지는 단 한 마디 말로 간결하게 설명할 수 있는 사안이 아닌 것을 터득한 것만으로도 큰 소득이었다.

신적인 존재, 창조자가 홀연히 출현해서 빛이 있으라거나, 낮과 밤을 만들어내기 위해, 신적神的으로 역사한다는 사실은 성령의 도우심 없이 희경 씨가 수용하기에는 무리였다. 따라서 혼돈은 그동안 묵묵히 종교를 떠나 학문의 길을 걸어온 것이 그녀의 외도外道였음을 반증하는 단어는 아니었을까 라는 의구심을 갖게 했다. 외도였기 때문에 의도한 결과에 미치지 못했을 수도 있고, 혼돈과 미로에 봉착한 것이 아닐까 하는 우려 같은 것. 그러나 외도라고 단정 짓는 것은 당치도 않았다. 외도라 하더라도 혼돈이 두려운 나머지 지레 겁을 먹고 도망가고 싶어 안달할 사항은 아니라는 생각이 들었다.

정도가 아닌 길 밖의 길, 외도로 달려가다 혼돈을 만났다 하더라도 혼돈은 부정적인 측면만 있는 것이 아니라는 것, 혼돈 속에 새로운 생명이 싹틀 수도 있고, 그 생명력은 제8식인 아뢰야식처럼 영원성을 지닌다는 것, 그 자체가 그녀에게는 경이였다. 생명의 싹이라든가. 영원성을 지닌 생명력이란 명제는 그녀의 탐구심에 불을 지폈다. 그것은 불교의 제행무상과도 상통하는 내용이었다. 우주 삼라만상은 잠시도 한 자리에 머물러 있는 것이 없고, 춘하추동, 성주괴공成住壞空을 반복하면서 인간들에게 존재의 무상함을 깨닫게 하여 주는 바로 그것이 아닌가.

그녀는 불교와 관련된 책을 보기로 했다. 기왕이면 혼돈이든 미로가 되었든 철저하게 인식하고 넘어가는 게 좋겠다는 합리적인 생각이 머리를 쳐들었다. 금강경에서 말하는 공空 사상과 혼돈은 아무런 연관이 없는 것인가. 금강〈李尚圭,『금강경의 세상』,삼지원, 2000, p47.〉이란 금강석金剛石, 즉 보석 중의 보석이라는 다이아몬드로 비유되는 바, 다이아몬드는 견고하고 날카로움으로, 강철에 줄을 긋거나 유리를 자를 때 쓰인다고 했다. 그와 같은 성질을 가진 금강석으로 혼돈과 미혹迷惑, 번뇌의 뿌리를 잘라버릴 수 있다는 것이다.

여기서는 혼돈과 미로 대신 미혹으로 표현되고 있다. 미혹이란 어의에는 혼돈이나 미로의 의미도 포함되었을 거라는 추측을 해볼 여지는 있다. 그녀는 국어대사전을 다시 펼쳐본다. 미혹이란 단어의 뜻으로는 '1.마음이 흐려서 무엇에 홀림. 재물에 ~ 하다. 아름다운 여인에게 ~ 되다. 2.정신이 헷갈려서 갈팡질팡 헤맴'등이었다. 예를 들면 재물이나 여인에게 미혹하여 정신이 헷갈리면 집착에 떨어져 갈팡질팡 헤매게 되는 상황을 말함이겠다.

혼돈이나 미로, 미혹의 뜻은 거기서 거기인 것 같았다. 국어대사전에 밝혀 놓은 내용이 그녀가 원하는 바에 미치지 못했다. 그녀의 판단이 잠시 사이에 이들 세 단어 사이를 왔다 갔다 하였다. 그녀야말로 국어대사전을 찾아보기 전이나 후나 혼돈이고 미로이며 미혹이었던가 싶었다.

성경에서는 태초의 혼돈 상태를 하나님이라는 절대자가 출현하여 신적으로 단번에 해결하였다. 그 혼돈은 절대자의 출현과 동시에 문제 해결이란 명쾌한 양상이 두드러지고 있다. 주역에서는 혼돈과 미혹을 태극으로 인식, 우주

자연의 변화하는 원리, 생명의 싹으로 밝히고 있다. 불교에서는 미혹을 떨치기 위해 반야의 지혜를 증득해야 하는 당위성, 본래 타고난 청정자성을 회복해야 하는 것으로 유도하고 있었다.

그녀는 홀연 사유를 멈추었다. 고속도로에서 표지판을 제대로 읽지 않고 달리다 길을 잃은 것처럼 정신이 멍했다. 국어대사전과 주역, 성경책과 금강경 등을 펼쳐 놓은 채로 창밖을 바라보았다. 동쪽 창으로 누렇게 퇴색되어가는 목련나무 잎들이, 서쪽 창으로는 단풍나무의 잎이 발갛게 물들면서 계절은 저대로 흘러가고 있었다. 자연의 순환 질서 앞에서도 그녀는 혼돈이었고. 미로였으며, 담뿍 미혹된 것 같았다. 그 주체나 대상은 그녀 자신이었다. 10여 년 이상 추구해온 학문 연구의 중단, 그것이야말로 그녀에게는 혼돈 그 자체였다.

그것들은 엄밀히 말해서 그녀 스스로 자초한 결과였다. 누구나 수월하게 갈 수 없는 길, 어쩌면 외도에 버금가는 길에 접어들어 10여 년의 장구한 시간과 노력을 퍼부은 작업의 결과를, 지금 어디에서도 찾을 수가 없다는 데에서 발생한 일종의 큰 사건이었다.

꾸준히 정도로 진행하면 마침내는 종점에 이르는 이정

표가 나와야 하고, 이정표대로 계속 달려 마침내는 목적지에 도달했다는 자긍심과 뿌듯함이 가슴속에 꽉 차 올라와야 맞는 이야기 아니던가. 혼돈이나 미로, 미혹 대신에 말이다.

　그녀는 불영사 계곡에 가기로 결심했다. 혼돈하여 정리가 안 되면 일단 있는 자리를 박차고 밖으로 나가보는 용단을 내려야 했다. 그녀의 심층 저변에서 어지러운 현상으로부터 도망치고 싶다는 욕망이 강하게 꿈틀거렸다.
　울진군에 있는 불영사는 인도의 천축산과 비슷하게 생긴 산자락에 있는 사찰로서 서쪽 봉우리에 있는 부처 바위 그림자가 연못에 비쳐 불영사란 이름으로 불리어졌다고 하는 전설이 전해진다. D대학원 총동창회에서 매달 성지순례에 관한 공문이 왔지만 그녀는 별반 관심이 없었더니 부처님 그림자 전설은 그녀의 마음을 움직였다. 오랫동안 적조했던 대학원 동기생들과의 만남을 통해서 그간의 박사학위 논문 탈락에 이은 혼돈과 미로, 미혹의 찌꺼기를 해소하기 위한 일련의 고육책이었다.
　두 친구를 부른 것도 이례적인 일이었다. 성당에 다니는 친구들은 연못에 관세음보살님이 비치는 울진군 소재의 멀고 먼 절에 가는 것이라고 말했음에도 아무런 이의 없이 동행해 주었다.

연도의 나무들은 여전히 푸른빛이었다. 차에 타고 있는 그녀의 일행들도 울긋불긋 원색의 스포츠 웨어로 단장하여 활기찬 분위기였다. D대학원 00기 동기생들끼리 주고받는 대화와 웃음소리가 버스 안을 가득 채웠다. 팔당을 지날 때는 물가 어디쯤에 때늦은 연꽃 한 송이 피어있지 않을까 하여 두리번거렸다. 그녀는 연꽃 대신 재학 시절병고를 치르느라 자주 얼굴을 볼 수 없었던 J여사를 뒷좌석에서 만날 수 있었다.

"안녕하세요? 병원에 계실 때 가 뵙지도 못하고 오늘 뵙네요."

그녀의 반가움은 J여사가 와병중일 때 문병을 가지 못한 미안함까지 덤으로 보태져서 더욱 컸다. 젊은 나이에 혼자 된 J여사는 4남매를 모두 성가시킨 연후, 학문에 입문하였으나 병을 얻어 입원실에 누워서 대학원 졸업시험을 치른 만학의 열혈여성이었다. 지방에서 비행기로, 기차로 강의실을 오가며 남들은 2~3년 안에 따는 졸업장을 그녀는 무려 6년 여에 걸쳐서 따낸 인간극장의 주인공 같은 인물이었다.

"예! 여기 오니 다 만나네요. 인제 졸업했으니 시원합니다. 하하하"

"고생 많으셨죠? 정말 반갑습니다."

60대 라고는 믿어지지 않을 정도로 병고에서 놓여난 J여사의 얼굴은 동안이었다. 창밖 풍경은 여러 종류의 풍경화를 연출했다. 여름내 험한 빗줄기가 잦은 것에 비하면 시월 하늘은 더없이 맑고 서늘했다. 그들의 이야기꽃은 5시간이나 걸리는 장거리 코스였음에도 지루한 줄 모르고 이어졌다.

"어느 사찰에 나가시는지?"

재학시절에 재치와 익살로 곧잘 남을 웃기던 K동학이 그녀 옆에 앉은 친구들에게 다가와 물었다. 낯선 얼굴이 어디 이들 뿐일까만 그는 그녀의 친구들이 궁금한 모양이었다. 그녀는 문득 대학원 졸업여행이 떠올랐다. 장가계의 하늘을 찌를 듯한, 기암괴석의 신비함과 수려함보다 K동학의 익살이 더 생각날 만큼 그녀에게 K동학은 남달랐다.

인천공항에서 상해 가는 비행기에 올랐을 때는 전날 대학원 강의가 늦게까지 이어져, 중국 여행이 다소 버거울 수 있었다. 그 버거움과 피로감을 K가 한 방에 날려 버린 것이다. 가족을 데리고 온 원우가 K의 유머에 함빡 빠져

일백 위앤화를 내놓은 것을 시작으로, 그에 호응하여 한 사람 두 사람 보태다보니 K동학은 상해에 도착하기도 전에 이미 많은 인민패를 확보할 수 있었다. 그 돈이 황포강 야경 관광과 서호 유람선에서 원우들의 소주파티를 즐겁게 부추긴바 된 일 등. 돌아오는 길에는 동행자 전원에게 중국산 실크 머플러를 선물할 수 있었으니 K 동학의 사람 웃기는 실력은 짐작하고도 남는다.

"우리는 성당에 다녀요. 희경이 얘가 가자고 하니 가을바람 쐴 겸해서 따라온 거예요"

미숙이가 성당 신자임을 강조했다.

"그러시구나! 잘 오셨습니다. 불영사를 아무나 옵니까? 다 인연이지요."

불교에서는 옷깃만 스쳐도 인연 아니던가. 더구나 군부대 법사로 20여년 이상 봉사활동하고 있는 K 동학 입장에서 보면 세상만사가 인연 아닌 것은 없을 터였다. 어찌 인연 없이 이 먼 곳을 새벽 댓바람에 친구 따라 강남 가듯 집을 나섰을 것인가.

총무가 좌석을 돌며 김밥과 떡, 그리고 귤과 생수 한 병씩을 돌리고 있었다. 그녀는 오랜만에 만난 총무 손을 잡고 반가움을 표했다.

"요즘엔 점점 종교가 과연 나에게 무엇인가 회의가 생겨요. 겪을 거 다 겪고 고생할 거 다 했어요. 밤새워 기도한다고 나아진 게 뭐 있던가요? 저는 유아세례를 받았거든요."

미숙이의 유아세례 이야기는 어려서부터 귀에 못이 박히도록 들어온 이야기였다. 외삼촌이 C시의 외곽에 사찰을 건축하고 집안 대소가가 절에 다닌 시절이 있으며, 해방과 더불어 밀려온 기독교 물결에 그녀의 어머니가 제일 먼저 기독교 신자가 된 일 등, 희경 씨는 미숙이의 신앙 스토리를 줄줄 꿰고 있었다. 교회고 사찰이고 여기 저기 왔다 갔다 하는 것이 보통 사람들의 정서가 아니던가. 어디를 가든 정착해서 제 마음을 닦아 가면 그게 신앙생활의 보람이 아닐까. 기독교든 불교든 이슬람이든 마호멧이든 그녀는 누가 무슨 신을 믿건, 어떤 종교를 가졌든 개의하지 않았다. 모두가 마음 작용일 터이다.

어릴 때 과자, 사탕 얻어먹으려고 교회 문턱 한 번쯤 안 넘어 본 사람 있을까. 일요일 아침 온 동네를 깨우면서 울려 퍼지던 교회 종소리가 문득 그리웠다. 그녀의 유년도 교회 종소리와 무관하지 않았다.

"너희들은 절대 안 돼! 교회를 갈 수 없어."

그녀의 어머니는 단호했다. 목에다 탯줄을 걸고 세상에 나온 사람은 날 때부터 부처님 권속이라는 거였다. 희경 씨 형제들은 하나같이 목에 탯줄을 감고 출생하였다는 것이다. 그녀는 어머니의 그 증언이 구체적으로 무엇을 뜻하는지 제대로 아는 것이 없다. 어머니가 세상을 떠나고 나서야 겨우 탯줄의 뜻을 추적해 보려고 시도하였으나 그때뿐이었다.

그녀 형제들은 어머니의 만류에도 불구하고 교회를 다녔다. 크리스마스에 동극에 참여하기도 했고, 여고 시절에는 큰 오라버니의 연애편지 배달부 노릇하러 크리스마스 카드에나 나옴직한 C시의 기독교 수양관 아래 자리 잡은 시온교회에 갔다. 큰 오라버니의 애인은 그녀의 학교 선배로 성가대원이었다. 해마다 5월이면 그 일대는 아카시 꽃 향기로 진동했다. 그녀는 찬송가를 흥얼대며 아카시 숲과 구름다리를 건너 지성으로 교회에 다녔다. 찬송가 부르는 재미가 그럴 수 없이 좋았다.

대학시절에는 밤새 온 동네를 돌며 새벽송 대열에 합류하기도 했다. 3년 믿어서 소원 못 이룬 사람 없다는 여의도의 큰 교회는 10여 년 간 낮밤 없이 매달렸다. 철야예배, 금식기도 등은 주마다 반복되는 행사였고, 성경학교에서

부터 성경대학, 성서연구원 등의 성서교육 프로그램에도 적극 참여하였다. 스님 아버지를 자랑스럽게 여기던 그녀 어머니도 성경공부 반에 편입하여 그녀와 함께 교회 신도가 된 적도 있었다. 한 길만 길이 아니었다. 사방동서로 길은 어디에나 뻗어 있었고 선택은 자유였다.

"그런데 희경이 얘가요. 성당에 나가는 것을 방해하고 있어요."

미숙이가 그녀를 가리키며 정색을 하고 말했다.

"희경이 얘가 하는 말은 큰 영향력을 미치는 것 같아요. 얘는 그냥 하는 말인데 주일마다 내 발목을 잡아요. 요즘은 내 신앙에 빨간 불이 켜졌어요!"

미숙이가 그렇지? 하고 반문하듯 그녀를 돌아보았다. 미숙이 얼굴은 진지해 보였고 발갛게 열이 올라 있었다.

"희경이 말은 '오른쪽 뺨을 때리면 왼 뺨을 내 놓아라'하고 가르치니 본래부터 착하고 순진한 사람들이 더 바보가 된다는 거예요. 착하고 순진하기만 해서 험한 세상을 어떻게 사냐고요"

K동학이 희경 씨를 멀뚱히 바라보았다.

"한 생명이 세상에 나오자마자 원죄를 뒤집어써야 하는 것도 마음에 안 들어요."

그 말에 K 동학은 환하게 웃었다.

"희경이 넌 찬송가 부르러 교회 간다고 했잖아."

그녀는 미숙이의 공격적인 말에도 웃기만 했다.

"그걸 뭐라고 하는지 알아? 미숙이 너 지금 냉담신도다. 넌 고해성사 깜이라고"

침묵하던 명애가 참견했다.

"넌 그럼 고해성사 잘 했어? 타인의 인생문제에 대해서 누가 감히 확답을 줄 수 있는 건데? 야! 웃긴다."

미숙이는 신랄하다. 절에 가는 게 후회라도 되는 것일까. 절에 가는 일이 그녀에겐 외도로 비쳐졌던가.

"왜들 그러시나. 우리 산천경개나 둘러봅시다! 저거 보세요. 늦가을 경치가 얼마나 멋집니까? 골짜기 맑은 물, 산 위에 쪽쭉 뻗은 소나무, 바위와 들꽃, 너무나도 아름답지요!"

K동학이 손으로 창밖을 가리키며 두 사람의 대화를 가로막고 나섰다. 그의 훤칠한 큰 키, 건장한 체격, 명쾌한 말솜씨가 썰렁한 분위기를 일신시켰다.

"내가 재미있는 이야기 하나 할 게 들어 보실래요."

K동학이 그녀를 바라보며 눈을 끔벅끔벅했다. 그녀는 그가 또 사람들을 웃기려는 신호로 알고 미소 지었다. 상

해의 밤이, 황포강의 서정과 서호 유람선에서의 에피소드가 솜사탕처럼 달콤하게 피어올랐다. K동학이 있는 곳엔 언제나 향긋한 술과 더불어 웃음꽃이 만발하곤 했다.

"자장면 먹으러 가서 중국집 주방 안을 들여다 본 사람 있으면 손들어 보세요!"

버스에 탄 대다수의 사람들이 K동학에게 시선을 집중했다. 어떤 이는 아예 K동학의 좌석 옆으로 비집고 들어왔다.

"주방 안이 어디 쉽게 들여다 볼 수 있는 공간인가 뭐"

희경 씨가 입을 비쭉 했다.

"그럼 미숙 씨는?"

"규모가 작은 식당은 주방이 환하게 들여다보일 때가 있어요. 근데 주방을 보게 되면 자장면 맛이 싹 달아나던데요. 보고는 못 먹어!"

"배고픈데 주방 안은 왜 봐? 자장면이나 먹지"

명애가 나섰다.

"누가 일부러 보니? 보이니까 본 것뿐이야."

명애의 냉담신도라는 말에 미숙이는 단단히 비위를 거스린 것일까. 마치 자장면 집 가서 주방을 들여다 본 사람처럼 덤볐다.

"문제는요, 주방 안을 보긴 왜 보느냐 바로 이겁니다. 배

고픈데 자장면만 먹으면 되는 거지. 그렇다면 그건 정도正道가 아니에요. 외도外道지요. 미숙씨는 그럼 주방 안을 들여다 본 게 확실하지요? 아니면 아니라고 얼른 대답하세요."

"왜 아무데나 정도니 외도니 갖다 붙이고 그래요? 자장면하고 주방하고 무슨 관계라고요?"

미숙이 대신 희경 씨가 K동학의 말에 퉁명을 떨었다. K동학의 의중을 짐작하지 못한 것은 아니지만 자장면과 주방을 들어 정도와 외도를 논하는 것은 비유치고는 비약이 지나친 감이 있었다.

"불영 계곡이 보인다! 히야! 멋지다!"

"장관이네!"

"예쁜 단풍은 아직 입니다요!"

버스에 탄 사람들이 저마다 한 마디씩 하며 고개를 빼들고 창밖을 내다보았다. 버스가 구불구불 구절양장을 이룬 도로에서 마구 출렁거렸다. 동시에 사람들의 관심도 불영 계곡의 오묘한 바위 암석, 그리고 산수화 화폭 같은 풍경에 푹 빠져버린 셈이다.

"내리시면 곧 산채비빔밥으로 점심식사를 하게 됩니다. 식사를 하신 다음 각자 불영사로 이동, 대웅전에 참배하시고 거기서 대기하시기 바랍니다. 다른 데로 가시면 안 됩니다."

총무가 앞에 나와 말했다.

일행은 서둘러 산채 전문식당으로 들어섰다. 먼저 온 사람들이 식당 홀을 반 이상 점령하고 있어 부득이 구석자리로 쑤시고 들어가야 했다.

"야! 여기 풋고추 정말 맵다!"

성질 급한 명애는 밥이 나오기 전에 풋고추 한 개를 된장에 찍어 먹고 입을 호호 불었다.

"갈 때 모과하고 참마 좀 사가지고 가야지"

미숙이는 마을 아주머니들이 길가에 늘어놓은 모과며 참마에 마음이 있는 것 같았다.

"하여튼, 끌끌!"

집을 나와서도 살림살이 걱정을 하는 미숙이가 딱하게 보였던지 K동학이 혀 차는 시늉을 하더니 비빔밥 대접을 끌어당겼다. 산채비빔밥을 먹고 나서 일행은 불영사로 곧바로 내려갔다.

K동학이 앞장섰다. 방금 점심밥을 먹은 터라 숨이 좀 가쁜 것을 빼놓고는 어린아이나 노인이나, 산책삼아 천천히 걸어도 일주문에서 20분 내지 30분이면 불영사 경내에 들어갈 수 있는 적당한 거리였다.

옛날에는 어지간히 깊은 산골 오지였을 거라는 생각은

해볼 수가 있었다. 산 정상에 예술적으로 빼어난 바위 모양과, 운치 있게 휘어진 소나무가 그랬다. 물줄기가 깊은 골짜기로 무한정 흘러내려, 도로가 나기 전에는 내방객이 거의 없었다는 말이 맞을 것 같았다.

불영 계곡은 설악산 천불동 계곡, 지리산 칠선 계곡 등과 함께 남한 3대 계곡 중 하나로 꼽힌다는 사실은 그녀가 인터넷 검색으로 알고 있었다. 걸어갈수록 장엄하고 그윽한 정취는 부처님 그림자 전설과 딱 맞아떨어지는 감이 있었다. 울진군 서면에서 발원한 물줄기가 울진군 근남면에서 왕피천과 합류해 동해바다로 흘러가는 불영 계곡은 그 길이가 장장 15Km에 이른다고 했으며. 명승 6호로 지정되었다고 한다.

1985년 불영사 계곡을 끼고 달리는 36번 국도가 포장되기 전에는 찾는 이가 별로 없는 그저 비구니 사찰이었다고 한다. 부처님 그림자가 연못에 비치는 고요한 절이 여름철엔 피서지로 각광을 받는다고 하였다. 불영 계곡의 순수자연도 머지않아 오염되지 않을까 걱정되었다. 그렇다고 설마 부처님 그림자가 어디로 갈 것은 아니겠지만.

옛날에 불영사 그 연못에 아홉 마리 용이 살았다던가. 의상대사義湘大師가 동해로 가던 중 계곡에 깃든 오색의 서기瑞氣를 발견하고 가랑잎에 불 '火' 자를 써서 연못에 던지자 갑자기 물이 끓어올라 연못에 살던 용들이 도망갔다고 했다. 그 자리에 절을 지었다고 하는데 훗날 의상대사가 불영사를 방문하자 한 노인이 '부처님이 돌아오시는구나!'라고 하여 불영사는 불귀사 라고도 불렀다고 한다. 한 나라의 개국설화처럼 한 사찰의 건립설화도 듣고 보면 상당한 흥미를 유발시킨다. 그런 일화들이 신앙심을 촉발하는 경우도 생긴다.

불영사 연못이 가장 먼저 그들을 맞아주었다. 연못에 연꽃은 보이지 않고 연잎만 물위에 동 떠 있었다. 사람들이 부처님 형상을 찾아 연못에다 카메라를 들이댔다.

아! 진짜 부처님처럼 보이네. 그 옆에 세 개의 바위 형상은 설법 듣는 중생들 모습이고."

발 빠른 K동학이 그녀의 손을 끌고 부처님 그림자가 잘 보이는 곳으로 갔다. 영락없는 관세음보살님, 연화대를 연상케 하는 연잎과 잘 조화된 물속의 부처님이었다.

"이런 일도 다 있네! 거 참!"

사람들은 신기하고 놀라운 표정으로 연못가로 모여들었다.

"자아! 여러분! 대웅전으로 집합!"

총무의 집합 명령이 떨어지자 사람들은 연못가를 물러나 대웅전으로 향했다. 미숙이도 명애도, 그리고 천천히 오신 J여사님도 K동학의 팔을 붙잡고 대웅전으로 갔다. 연못가에 남은 것은 그녀 혼자였다.

목탁소리와 함께 반야심경 독송이 들려왔다. 그녀 시야에 ○○의료원 6층 입원실에서 바라보던 가을 하늘이 펼쳐졌다. 당시의 푸르고 맑은 하늘 한 자락이 불영사 연못에 투영되고 있는 것이 아닌가. 추석 쉬러 고향으로 가는 구름 가족들, 그 구름 가족을 부러워하는 그녀의 창백한 얼굴도 보였다. 희경 씨가 두 발로 걸어서 갈 수 없는 고향집. 할 수 있는 일은 침대에 누워 하늘을 바라보는 것이 전부였다. 그것이 유일한 소일거리이자 위안이 되었던 일들을 불영사 연못은 선명하게 비쳐주고 있었다. 정확히 3년 후 그녀는 병상을 내려와 학문의 전당으로 건너갔고 10여 년 넘게 학문 연구에 전념했던 일들. 그것은 정녕 그녀의 외도였을까.

대웅전에서 나온 사람들이 비구니 스님을 선두로 웅진전 명부전 의상전 극락전 칠성각으로 차례차례 발걸음을 옮겨갔다. 의상대사 영정을 모신 의상전에는 인현왕후의 초상화 진본이 있다고 했다. 미숙이와 명애는 스님의 설명을 듣기 위해 J여사와 K동학을 부지런히 따라 갔다.

희경 씨가 맞닥뜨린 것은 애초 혼돈이나 미로가 아니었나. 미로라고 생각한 건 처한 상황 때문이었나. 현재의 양태를 일시 정지나 휴식이라고 보는 편이 덜 삭막할까. 아니다. 궁극적으로 그것은 한낱 마음의 작용일 터. 혼돈이며 미로, 미혹 모두가 한 순간의 환幻에 불과한 것이 아닐까. 그녀의 사유는 멈출 줄 모르고 연못에 어린 부처님 그림자 위로 연속되거나 오버랩 되었다.

일행들이 불영사 경내를 다 둘러보고 감로수를 마신다며 우물로 몰려갔다. 우물가에 금송화와 과꽃이 수줍게 피어 가을 기분을 돋우었다. 쑥부쟁이도 하늘하늘 갈바람에 흔들거리고 있었다.

그녀는 너른 배추밭 넘어 먼 산봉우리를 올려다보았다. 산봉우리 정상에는 부처님의 형상을 띤 거대한 바위가 우뚝 서 있고, 그 앞에 세 개의 작은 바위가 나란히 .머리를 조아리듯 엎드려 있는 것이 보였다. 단순한 바위 그 이상도 그 이하도 아닌 바위 그대로였다. 연못에 비친 바위 그림자를 보고 인간들은 연못에 부처님이 상주한다고 믿고 싶었을 것이다. 그게 인간들의 마음이니까.

연못 속의 부처님이 산봉우리에 있는 바위 그림자인 줄

번연히 알면서도 관세음보살이라고 믿은 것처럼, 그녀가 10여 년 간 지속해 온 학문의 길은 외도도 정도도 아닌 그녀의 자유의지가 선택한 그녀만의 길이었다. 외도와 정도가 따로 존재하는 것이 아니다. 외도로 나아갔기 때문에 생긴 혼돈이나 미로, 미혹은 아니었다.

바위가 연못에 비쳐져 중생들의 심안心眼에 관세음보살님으로 비쳐지기도 하지만 본래는 바위였다는 것, 마음에 따라 바위가 부처님이 되는 일체유심조의 이치를 엿본 듯했다. 신앙의 세계도 일체유심조一切唯心造, 혹은 타고난 근기와 환경에 따른 팔자교八字敎에 다름 아니다.

그녀가 불영사 연못에 뜬 부처님 그림자를 본 것은 기대 이상이었다. 혼돈과 미로, 미혹도 오래 가진 않을 것이다. 우주 삼라만상은 수시로 변한다. 설사 그것이 외도라 하더라도.

그녀는 문득 "혼돈은 명료함 이전에 나타나는 경이로운 상태이다."라는 얼마 전에 읽은 『호오포노포노의 비밀』〈≪호오포노포노의 비밀≫/ 조 바이텔.이하레아카라 휴렌 지음/황소연 옮김, 박인재 감수/눈과 마음/ 2010〉. 한 구절이 떠올랐다. 저자 조 바이텔은 한때 노숙자였다. 조 바이텔 그가 백만장자, 베스트셀러 작가로 유명세를 떨치게 되기까지 작용한

고대 하와이인들의 호오포노포노는 마음의 장애물을 제거하고, 일터와 가정에서 기적을 일으키게 하는 신비한 지혜라고 한다.

"여러분! 연못 가까이 서 보세요. 자아 사이좋게 나란히"

희경 씨가 명랑한 목소리로 카메라를 눌렀다.

"내가 찍어 줄게. 기왕이면 부처님 물그림자도 넣어서!"

K동학이 달려와 그녀와 J여사 그리고 친구들을 일렬로 세우고 사진을 찍었다. 불영사 연못 위로 늦가을 오후의 황금 햇살이 우우! 즐거운 함성을 지르며 쏟아져 내렸다.

어머니의 구호口號

어머니의 구호 口號

거지도 손 볼 날이 있다.

어머니가 노상 강조하던 말이었다. 이 한 마디를 강조하는 데서 그치지 않고 큰언니를 불러 희영을 데리고 백화점이든 남대문 시장이든 가라고 명령했다. 가장 잘 맞는 옷을 한 벌 사 입히라는 분부였다. 순전히 타의에 의한 옷 사기 프로젝트가 진행되는 찰나였다.

희영은 새 옷에 흥미가 없다. 설사 새 옷을 샀더라도 그것을 떨쳐입고 가고 싶은 곳도, 긴히 만날 사람도 없다. 그 귀찮은 일을 왜 해야 하는지 이유를 알 수 없다.

옷은 입어서 편안하면 그만이었다. 그녀에게 옷은 날개가 아니라 거추장스러운 물건이다. 새 옷, 좋은 옷을 입으면 그녀의 마음이 불편을 겪는다.

그녀는 어머니의 분부를 이해하지 못한다. 스물하나 그녀에게 옷이 왜 급한지, 왜 새 옷을 사야 하는지 도시 그 심정을 헤아리지 못한다. 옷은 필요할 때 천천히 사러 가면 될 터였다.

어머니는 '거지도 손 볼 날이 있다'는 말을 그녀에게 주입시키는 것을 잊지 않았다. 그 말은 거지보다도 더 못한 옷을 입고 있다는 암시의 말 같기도 하고, 듣기에 따라서는 거지처럼 남루해 보이거나 초라해 보인다는 비유의 말처럼 들리기도 했다.

어머니는 미천한 거지 신분으로도 때로는 손님을 맞게 되고, 손님을 맞이하려면 행색이 초라해서는 안 된다는 사실을 강력하게 주장하기를 여러 번 거듭했다. 급기야는 날을 잡아 시집간 큰언니를 불러 명령을 하달한 것이다.

"제발이지 얘 좀 어떻게 좀 해봐라!"였다.

다른 말은 앞뒤로 압축 생략하고, 귀찮은 보따리를 강물에 내던지듯, 잇새에 걸린 음식물 찌꺼기를 뱉어버리듯 약간은 격노한 어조로, 그리고 진저리를 살짝 치면서 큰언니와 그녀를 문밖으로 내몰았다.

그녀는 불가항력으로 떠밀려서 신세계 백화점에 갔고 숙녀복 매장에서 곤색 투피스를 한 벌 사게 되었다. 그녀의 의견이나 취향은 아예 물어보는 일도 없이 큰언니의 일방적이고 강압적 권유에 끌려 산 것이라 해도 과언이 아니다.

그레이스 브랜드는 고급 공무원 사모님들이 선호한다는 소문이 돌았다. 다른 브랜드에 비해 옷값이 고가이고, 디자인 면에서도 비교적 우수한 편에 속했다.

매장 직원이 고급 공무원 사모님 축에 들지 않는 그녀를 겨냥한 듯 그 점에 대해 힘주어 말했지만 개의하지 않았다. 그런 말에 관심을 표명할 만큼 그녀의 심혼이 한가롭지 않다.

싫다! 하고 뻗대면 큰언니가 화를 낼 것이다. 큰언니도 집에 돌아가 어머니에게 야단맞을 게 분명했다. 이런 저런 사정을 감안하여 그레이스 브랜드의 곤색 투피스를 선택하는데 그녀가 울며 겨자 먹기로 동의한 것이다.

"얘! 이 옷엔 빨간 블라우스가 어울릴 것 같은데 블라우스 사는 데를 내가 알아. 거기 가면 대한민국의 블라우스 종류는 뭐든 다 있어."

남대문 시장이었다. 그녀는 곤색 투피스 그 선에서 그만

두겠다는 말은 꺼내볼 수가 없게 된 입장이었다. 큰언니는 복잡한 시장 통을 이리저리 헤매고 다니다가 한 점포에 이르러 발걸음을 뚝, 멈추었다.

그곳은 블라우스 전문점이었다. 디자인 별, 소재별로 온갖 블라우스가 진열장과 선반에 쌓여 있었다. 블라우스 말고도 무슨 물건이든 남대문 시장에는 없는 것 빼놓고 다 있었다. 그 많고 많음에 그녀는 눈이 부셨다.

"넌 말이야 얼굴이 흰 편이니까 화려한 색상이 어울려. 어떠냐? 곱지?"

일방통행이었다. 그녀의 의사는 애초 고려해볼 가치도 없는 듯 큰언니의 처사는 일면 시원시원하기까지 했다.

검은빛이 날 정도로 흑장미를 닮은 새빨간 블라우스를 그녀의 얼굴에 대어보고 당장 입어보라고 윽박질렀다. 매장 직원의 역할을 큰언니가 대신 하는 듯 서두는 기색이 확연했다.

"아주 딱! 이네요. 어쩜 피부가 그리 고우실까"

매장 직원의 아부성 호들갑에 신이 난 큰언니는 그녀가 미처 호불호의 동작을 취하기 전에 이미 지갑을 꺼내고 있었다.

"집안에 들앉아 궁상스럽게 글 같은 것 쓰지 말고 이 옷

입고 데이트도 좀 하고 그래."

큰언니는 무게 있게 한 마디로 가름했다.

왜 글 쓰는 일을 궁상하고 연결시켜? 궁상에다 연결시키는 것도 불쾌한데 아예 글을 쓰지 말라고?

"네 마음을 바꿔 봐. 그럼 남자도 보이고 결혼도 보일 거야."

큰언니의 말씨가 숫제 명령이고 고압적이어서 그 대목에 이르러서도 입을 열어 군말을 늘어놓을 여지가 없다.

블라우스 가게에서 나오자 큰언니는 액서서리 매장이 있는 작은 골목을 향해 빠르게 걸어갔다.

"내가 부롯찌 하나 사 줄게. 네 나이에는 밝고 빛나야 해!"

사람들이 득시글거리는 시장 거리를 질질 끌려 다니기는 정말 죽을 맛이었다. 이리 채이고 저리 밟히고 백화점과는 생판 다른 분위기였다.

그녀는 블라우스가 든 가방을 들고 액서서리 매장으로 가는 큰언니 오른 팔을 와락 붙들었다.

"됐어, 언니! 나는 머리핀 하나도 귀찮아."

머리핀보다 더 귀찮게 구는 인물은 단연코 어머니와 큰언니였다. 매번 공동작전을 수행했고, 모녀간은 상호 손발이 척척 맞아 떨어졌다. 그들은 아예 그녀의 의사 타진 같은 것은 해볼 생각도 없이 무작정 설치는 감이 농후했다.

밝고 빛나지 않은 건 또 뭔데? 남자가 왜 보여야 하는데? 그리고 누가 결혼을 하겠다고 했어? 결혼 같은 것 꿈에도 생각해 본 일이 없다고.

큰언니는 그녀가 반발을 하건 질색을 하건 아랑곳없다. 온갖 조명등이 어우러져 휘황하게 번쩍거리는 액서 서리 매장이었다. 큰언니가 발빠르게 백합 모양의 은색 부롯찌를 골라들고 희영이 액서 서리 가게 안으로 들어서기를 기다린다.

속으로는 툴툴거리면서도 그녀의 행동에도 우호와 협조라는 항목이 개입된 것일까. 더 저항하지 않고 큰언니로부터 부롯찌 선물까지 덤으로 받았다.

그 날 이후 어머니는 '거지도 손 볼 날이 있다' 는 말을 더는 반복하지 않았다. 그게 오래 전의 일이다.

"엄마! 돈 제대로 주고 좋은 옷 사 입어! 이제 아무 거나 입어서는 절대 안 돼. 알았지 엄마!"

출근길 아침 딸애가 말했다. 아니 말이 아니라 협박성 당부에 해당하는 강경하고 살차기까지 한 말에 그녀는 아득한 그 날을 회상한다. 그것은 오래 잊고 살던 어머니의 구호였다.

'거지도 손 볼 날이 있다'라며 어머니가 느닷없이 큰언니에게 내린 그 시절의 명령보다 훨씬 단호한 뉘앙스가 풍기는 악센트였다. 거기에 '이제'라는 시기가 명시된 점이 특이했다.

"엄마는 어쩔 수 없이 학부모가 되는 거야. 그 역할 잘해야만 해! 알았지 엄마?"

알긴 뭘 알아? 학부모 노릇 왕년에 누군 안 해 보았나.

그녀는 베란다 창을 통해 분주히 걸어가는 딸을 바라본다. 너는 결혼을 할 생각이니? 안 할 생각이니? 너야말로 나의 우수憂愁 아니겠니? 나를 걱정하지 마라! 학부모를 하던 선생을 하던 내가 알아서 한다. 그녀가 독백한다.

"엄마! 지금 거기 어디야?"

늦가을 배 밭 과수원에 날아든 까치 떼. 까치란 놈이 가장 잘 익은 배 꼭지를 부리로 콕콕 쪼듯 날아온 말의 화살. 딸의 전화다. 그녀가 호박 고구마를 오븐에서 꺼내 아침 대용으로 먹으려는 때였다.

"백화점 지금 세일이야. 내가 엄마에게 맞는 상품명을 문자로 찍어 줄 게. 일단 가서 그 옷을 먼저 입어봐. 사이

즈만 맞으면 당장 사갖고 와!"

왜 이리 설쳐 대냐? 누구 선보러 갈 일 있니?

그녀는 따끈따끈한 호박 고구마 한 개를 손에 들고 후 후! 분다.

딸은 스마트 폰으로 상품을 검색한 것인가. 조금 후에 다음과 같은 문자가 왔다. '레이디스 세피아 심플 하이넥 다운점퍼 CDLUO3DIOISP'

올 겨울 한참 인기 있다는 구스다운, 고가 점퍼였다.

"알았어! 잘 알았으니까 네 일이나 잘 해. 불경기가 심각 하다는데 엉뚱한데 신경 쓰지 말고."

그녀는 고구마를 한 입 베어 문 채 마지못해 한 마디 한다.

"그게 왜 엉뚱해? 엄마는 뭐가 중요한지 몰라? 엄마의 외모야. 첫째는 엄마 자신을 위해서고 둘째는 대구 애들의 학부모 자리를 위해서야."

"아이고 효녀 심청이가 환생했네. 눈물 난다 야! 알았으 니까 전화 끊자. 나 지금 아침 식사 중이거든."

지난여름 위암을 앓던 제 엄마를 잃고 며칠 후면 대구를 떠나 그녀의 집 근방으로 이사 올 손자들이 거론되었다.

"학부모가 뭐가 그리 대단해? 내가 왜 뭐가 어때서?"

"엄마는 바보야? 것도 몰라?"

일단 엄마를 바보로 설정하고 나서˙딸은 일장 연설을
편다.

"어리버리한 할머니가 교실 밖에서 어정거리면 담임선
생님이 좋아할 것 같아? 제 엄마도 세상 뜨고 없는데 녀석
들이 기 죽어서 안 돼! 예쁘고 세련된 할머니가 녀석들 곁
에 있다는 걸 만천하에 보여줘야지."

"너 지금 소설 쓰냐? 주인공이 학부모 된 할머니냐? 네
신랑감이나 열심히 물색해 봐! 내 걱정 말고."

전화가 이따금 공해다 싶을 때가 있다. 바로 오늘 아침
의 경우가 그 좋은 예다.

굳이 말하지 않아도 다 아는 사실, 더 듣고 싶지 않은 비
극적 스토리를 중언부언 반복 청취해야 하는 고역 같은 것.

"백화점 문 열자마자 빨리 가라니깐."

'아, 정말!'

그녀가 전화기를 내려놓는다. 전화라는 매체를 이용한
딸의 학부모 강론은 일단락되었다. 호박 고구마의 맛이고
뭐고 입맛이 뚝! 떨어진다.

'거지도 손 볼 날이 있다'는 그 옛날 어머니의 구호가 다
시 떠오른다. 기분이 씁쓸하다. 결국은 그 구호가 조기결

혼 시키겠다는 암묵적인 모의와 계략임을 그녀도 얼마쯤 눈치 채고 있었다. 상대는 정부의 고위관리와 결탁해서 일시에 거금을 벌어들였다는, 돈이 많아 더 관심이 안 가는 왕 노총각이었다. 노총각이 문제가 아니라, 스무 살을 갓 넘은 그녀에게 장차 문학을 하려면 든든한 남편이 곁에 있어야 한다며 결혼을 강요하는 가족들이 문제였다.

그런가. 학부모가 그런 자리인가. 호박 고구마 먹기를 포기하고 궁리를 거듭한다. 나를 위한 게 아니라 대구 녀석들을 위해서 그래야 하는 거라고?

주전자에서 찻물이 끓고 있다. 그녀가 주전자에서 코드를 뺀다. 고구마 쟁반을 주방에 가져다 놓는다. 끝까지 버티지 못하고 현실과 타협 굴복하는 그녀의 유약한 체질은 좋게 말해서 수용인가 관대인가.

그녀가 외출 준비를 서두른다. 손자 녀석들을 위한 일이라니까 공연히 마음이 급해진다.

을지로 3가 역에서 내려 2호선으로 환승하기 위해 걸어갔다. 거기 중간쯤에서 한 할머니를 만난다. 몸체보다 더 큰 더덕 자루를 끼고 앉아 저무도록 더덕 껍질을 까는 할머니, 몇 년 동안 그 자리를 고수하던 할머니, 할머니가 한동안 보이지 않았었다. '몸이 아파 누우셨는가?, 행여 돌아가셨는가?' 궁금했던 할머니였다.

반가웠다. 더덕을 다시 깔 수 있는 할머니에게 그녀는 안도했다. 얼굴은 험상하거나 억척스러운 구석이 없는, 어쩌면 젊은 시절 유복한 살림을 꾸려왔을 성 싶게 숱한 주름살에도 이목구비가 반듯했다.

2호선을 갈아타고 을지로 1가역에서 내렸다. 롯데 백화점 근처에 이르자 부지런하고 용감한 숙녀들이 핸드백을 휘두르며 백화점 정문으로 돌진하는 모습이 보였다. 그들은 생기발랄하다.

혼자서 혹은 친구와 가족을 동반하고 줄줄이 챌린지 challenge 세일 간판이 휘황한 백화점 정문으로 의기양양 쏟아져 들어갔다.

그녀 앞에 바야흐로 호박고구마 쟁반 대신 완전 딴 세계가 열리고 있었다.

손자 녀석들 엄마는 대구에서 국립○○암센터까지, 앵앵거리는 앰뷸런스를 타고 초봄부터 가을의 문턱에 이르도록 수도 없이 오갔다. 수술 3년 차에 사건이 발생한 것이다. 위 내시경 검사할 때 유난히 아팠다고 했다. 그런 후 물 한 모금도 마시지 못하게 된 것이다.

대구에서 암센터까지 무려 다섯 시간에 걸쳐서 병원에 당도해도 원무과 직원은 언제나 입원실이 없다고 당연한 듯 말했다. 대개는 응급실에서 하루 이틀 밤을 지새우기 일쑤였다. 그렇듯 고생을 하면서 정기 검진을 한 것이 화근이었다.

"중환자를 이렇게 응급실에 방치해도 되는 겁니까?"

"첫새벽에 대구에서 올라온 거라고요."

"환자는 한 여름에도 팡팡 틀어놓은 에어컨 때문에 추워요. 어서 병실로 보내주세요."

그녀가 울부짖었다. 울부짖는 건 그녀 한 사람만이 아니었다. 응급실에 온 사람들은 모두가 마음이 불안해서 발을 굴렀다.

장맛비 그 속을 뚫고 앰뷸런스로 5시간 먼 길을 달려온 며늘아기. 점퍼와 양발, 담요 등으로 체온을 유지 한다고는 했지만 아파본 사람이면 다 그 사정을 안다. 환자의 몸은 오뉴월에도 덜덜 덜리게 추울 것이라는 것을.

지극히 무정하고 비정한 사람들이 모여 있는 곳이 병원이 아닐까. 의사 가족이래도 이럴 수 있는 거야? 지들도 병에 걸리지 말란 법 있어? 해도 해도 너무 해. 공짜로 봐 달란 것도 아닌데.

응급실에 엉거주춤 머물게 된 환자들과 가족들은 채혈하러 온 간호사나 어쩌다 의사의 흰 색 가운이 어설퍼 보이는, 소년 같은 인턴이 나타나면 그 팔을 붙잡고 마구 조르고 항의했다.

"어서 빨리 입원실로 옮겨 주세요!"

"너무 복잡해서 환자한테 다른 병균 옮기겠어요."

비좁고 소란한 응급실에는 오랜 투병으로 기력이 쇠진한 환자, 환자 간병으로 스트레스가 누적된 가족들이 대부분이었다. 그 파리한 안색은 환자나 가족들이나 별로 다를 바가 없다. 그 누구라도 안정되고 너그러운 감정을 가질 수 없는 척박한 의료현장이었다.

목숨이 경각에 달린 말기 암 환자의 비쩍 마른 팔에 주사기를 꼽고 왜 그처럼 많은 양의 피를 뽑아 가는지, 대체 그 피로 무슨 검사를 왜 거푸 하는지, 그녀는 그 점도 납득할 수가 없다. 누구나 병원에 오면 제일 먼저 피 뽑는 게 일이었다.

그녀는 휠체어 밖으로 축 늘어진 며늘아기 팔을 담요 안으로 거두어들인다. 목이 긴 두터운 양발로 바꾸어 신긴다. 피를 대량으로 뽑힌 며늘아기는 이내 혼수에 빠진다. 건강한 사람도 빈속으로 5시간을 달려오면 지칠 터이다.

피까지 왕창 뽑히니 성한 사람인들 견딜 노릇인가. 그녀가 한숨을 쉰다.

차라리 자기 집에 머물며 죽음의 세계를 돌아보고, 가족들과 대화를 나누면서 덜 고통스럽게 이별하는 연습이라도 시켜야 하지 않겠는가. 병든 생명을 치료하거나 소생시킬 확률과 보장도 없으면서 ○검사, ○검사로 일관하는 의술 아닌 상술에 그녀는 어이가 없다. 그러나 불행하게도 그녀는, 아니 한동안 불만을 토로하던 모든 사람들은 속수무책이었다. 무슨 신통력을 발휘해볼 수가 있단 말인가?

담당 의사는 수년을 두고 며늘아기를 최초 내원에서부터 진단, 수술, 입원, 검사 등을 시행하고 치료해왔으면서, 환자가 응급실 상황을 견딜 수 없어 호출해도 응답이 없다. 입원실로 옮겨도 뾰족한 수가 있는 것은 아니어서 일까. 응급실에 올 때마다 답답한 일이 벌어지고 있다. 대형 병원인데도 병실은 늘 턱없이 부족한 상황이라는 것이다.

응급실에 머무는 사람들은 아예 꿀 먹은 벙어리다. 당하는 대로 흘러가는 대로 두고 본다는 것인가. 죽은 듯 말이 없다. 발을 동동 굴러도 땅을 쾅! 쾅! 내리쳐도 아무 소용이 안 닿는다는 것을 그들은 알고 있는 것인가. 운이 나빠 암에 걸린 것이라고 하늘에 대고 개탄하거나 숫제 치료의

기적에 대해 체념했다는 것인가.

그녀라고 달리 무슨 뾰족한 방법이 있는 것도 아니었다. 슬프고 괴롭지만 묵묵히 인내하는 수밖에는. 응급실의 밤이 깊어간다. 음산하고 우울한 밤이다.

복닥거리는 응급실 한 구석에서 하루 이틀 경과해서야 담당 교수의 뒤늦은 결재가 난다. 대개의 경우 호텔 숙박료에 맞먹는 1인실에 입실 허가가 떨어진다. 그마저도 사정사정해서 겨우 입원이 가능했다. 그런 다음에도 시간은 자꾸 흘러간다. 병실을 정리한다는 명분으로 입실이 지연되는 것이다. 비록 생명의 연한이 경각에 달린 환자이긴 하지만 생명의 존엄성을 어디 가서 찾아야 할지 아연해진다.

악다구니 끝에 어렵게 입원실로 옮기고 나서 위내시경 검사를 한 결과는 예상 밖이었다. 검사 직후부터 며늘아기는 밥과 죽은커녕 물 한 모금조차 넘기지 못했다. 심각한 상황이었다. 그리고는 또 다른 검사의 연속이었다. 치료받으러 병원에 온 것이 아니라 각종 검사를 위해, 아니 죽음을 재촉하러 온 것 같았다.

'아, 악몽이야. 지옥이야.'

그녀는 그 때 일을 생각하면 웅장, 거대하게 확대되어가는 대형 병원 건물만 보아도 소름이 끼친다. 특히 대형병원에 우후죽순처럼 지어지는 암 병동 건물은 거의 불안의 최고 수위를 넘어서고 있다.

수년 전 중국에 여행가서 만리장성에 오를 때의 섬뜩한 느낌과 대동소이했다.

만 리나 되는 장성을 쌓기 위해서 숱한 인민의 희생과 죽음이 필연적으로 발생하지 않았을까. 만리장성의 육중한 돌덩어리 한 개, 한 개에 중화인민공화국의 무고한 인민들의 피눈물이 엉겨 붙어 있는지 누가 보았는가. 그 장면을 목격하지 않고서도 짐작이 가는 일이 아닌가. 단 몇 푼의 임금을 위해서 사랑하는 가족을 떠나와 만리장성의 돌무더기에 갇힌 주검도 다수 있을 것.

그녀는 만리장성 중간쯤 지점에서 그만 하산하고 말았다. 중국의 산수자연시를 공부하는 기간 내내 벼르고 별러 올라온 만리장성이었다. 달 밝은 밤이면 억울하게 죽은 노무자귀신들의 구슬픈 영가靈歌가 돌탑 곳곳에서 들려올 것 같아 으스스한 한기가 온몸을 휘둘렀다. 그 후에도 그녀는 중국에 여러 번 갔지만 만리장성은 다시 보고 싶지 않았다. 우공이산愚公移山이 말해 주듯 그들은 그야말로 대단한 민족이었다. 산을 옮기는 저력을 품은 중화인민공화국, 그리고 진시황의 만리장성에 대한 그녀의 외경심은 점점 공포로 변질되어갔다.

　그녀는 거의 날마다 정발산 자락에 있는 국립○○암센터에 출입을 했다. 지하철을 타고 가다가 정발산역에서 내린다. 그 동네는 어느 외국의 전원주택처럼 아파트 단지와는 완전히 구별이 되었다. 운치 있고 고즈넉했다. 재벌 기업가나 의사, 교수 유명작가가 사는 곳일까. 이국적인 정서가 깃든 나름 우아하고 품격 있는 고급동네였다.

　그곳에서 암센터까지 걷기에는 꽤 먼 길이었다. 그 길은 벚꽃나무가 줄 지어 있는 너르고 시원 한 길. 암에 걸리지 않은 사람들의 행복동산이었다. 울타리가 없는 집 뜰에는 장미 종류 말고도 이름 모르는 꽃, 한 번도 본 일이 없는 진기한 화초들이 자주색과 흰색, 보라색 등으로 활짝 꽃피어 있었다.

　일체 다른 일은 거들떠 볼 경황이 없었던 그해 봄과 여름 내내 그 아름다운 길은 그녀에게 큰 위안이 되었다. 그 여름이 통째로 지옥이었다 해도 그 길만은 인상이 깊다. 하필 그 근처에 암센터가 있어 그곳에 거주하는 사람들이 전원주택 값이 떨어진다고 불평한다나. 병원을 옮겨가라나. 병원을 오가며 주어들은 이야기다.

이제 그녀는 그 병원을 오가지 않는다. 아름다운 그 길도 걷지 않는다. 그럴 필요가 없어졌다. 며늘아기는 8살, 6살 두 녀석을 두고 늦더위가 기승을 부리던 그 해 여름 이승을 하직했다. 병원을 철석같이 믿은 것이 오히려 조기사망을 부추긴 꼴새였다. 가족 모두에게 그토록 처참한 주검은 평생 지울 수 없는 큰 충격이었다.

병원이나 오가던 그녀에게 백화점은 이방지대였다. 많은 사람들이 벅신거리는 백화점이 그녀는 낯설다. 아득한 그 시절 큰언니를 따라 신세계 백화점에 갔을 때보다도 더 어색하고 생소했다.

그녀는 에스컬레이터를 타고 위층으로 올라갔다. 여성복 매장은 4층에 몰려 있었다. 여기에도 원색의 챌린지 세일 포스터가 고객들의 얄팍한 지갑을 유혹했다.

백화점의 세일 광고는 연중 계속된다. 신문, 또는 집으로 배달되는 백화점 전단지에서 그것은 자주 눈에 띄었다. 그녀는 세일 상품을 믿지 않는다. 세일 상품을 사고 나면 중신아비 말만 믿고 격 떨어지는 신랑감 후보를 선 본 듯 뒷맛이 썼다. 백화점의 중신아비는 허풍스런 세일 광고였다.

그녀에게는 그 상품들이 남대문 시장 물건과 실질적으

로 별반 차이가 없어 보였다. 반상제도가 유명무실 된 것처럼 백화점 상품과 시장 상품의 경계가 무너진 것이다. 왜냐하면 유명 브랜드라는 것도 근래는 인건비가 저렴한 중국, 베트남 등에서 제품을 만들어 오기 때문이다. 이태리 수입원단을 내세우고 있기는 하지만 원단만 좋아서 상품 가치가 그냥 최고가 되는 것은 아닌 것이다.

"어서 오세요!"

매장 직원이 다가왔다. 그녀는 딸이 보내 준 문자를 보여주었다.

직원은 매장에 걸려 있던 점퍼 중에서 한 품목을 들고 와 그녀에게 보여주었다.

"올 겨울 히트 상품이죠! 거위 털이라 오리털보다 더 따숩고 가벼워요."

베이지 색 거위 털 점퍼를 들고 와서 거위 털과 오리털의 차이점을 간단히 설명한 후 입어보라고 권했다.

"이런 상품은 우리 매장 밖에 없어요. 겨울철이라고 검정색이나 어둔 색만 선택할 필요는 없어요. 겨울에도 밝고 화사하게 입는 게 보기 좋아요."

밝고 화사? 그녀는 매장 직원의 말을 새겨들으며 베이지색 거위 털 코트를 눈여겨보았다.

"이 옷도 한 벌 밖에 안 남았어요. 눈발이라도 퍼부으면 제격이죠. 올 겨울에 한파가 심하고 눈도 많이 내린다고 하네요?"

가져온 옷을 덥석 입지 않고 조금 지연되는가 싶으니까, 매장 직원은 일기예보를 들먹이며 구스다운 점퍼의 장점에 대해 장황한 설명을 더 늘어놓을 태세다.

"모자에도 털, 깃에도 털이 있어 목과 얼굴 옆면을 포근하게 감싸 주니 웬만한 한파는 걱정할 게 없다고요."

검정색보다 베이지색? 글쎄? 그녀는 신중하다. 몇 년 만의 백화점 나들이이므로 옷 사는 일에 매력이 안 붙는다. 며늘아기 죽음 때문만이 아니라 본시 옷은 별 관심이 없다. 솔직한 표현이다. 예쁜 옷, 화려한 옷을 입게 되면 마음이 차분하지 않고 붕 뜨게 된다. 그녀는 그 사실을 용납하지 않는다. 지금은 마음이 들뜰 일도 없고 또 그런 시기도 아니지만.

"근데 왜 이렇게 가벼워요? 겨울옷이라면 조금 무게가 느껴지는 게 좋은데."

부정적인 의미를 내포한 그녀의 한 마디는 상품의 질에 관한 것일까. 거위 털과 오리털 비교 분류에 대한 예비지식이 없어서였나. 아니면 부실한 지갑의 조건에 기인하는가.

매장 직원의 열성적인 상품 설명에 실증을 느낀 것일까.

암환자가 있는 가정의 지출 목록을 굳이 참고하지 않더라도 치료비용은 거의 천문학적 숫자로 기록된다. 아마도 그래서일까.

그녀는 ○백만 원에서 ○만 원을 추가, 챌린지 세일 선전이 무색하게 에누리 한 푼 없는 가격대에 뜨악해졌다.

"엄마 백화점 갔어? 내가 적어 준 그 구스다운 점퍼 어때? 요즘 ○백만 원 대로는 웬만한 방한복 못 사. 털의 품질에 따라서 수백만 원대는 보통 올라가. 그 정도는 수수한 거야. 두 눈 꾹 감고 그냥 사 버려!"

설명이 구체적이다. 딸은 브랜드 별로 물건 값을 거의 꿰뚫고 있는 것 같다.

그녀는 슬며시 반감이 솟구친다. 호박 고구마도 먹지 못하고, 헐레벌떡 세일 매장으로 달려온 자신의 처사가 심기를 거북하게 한다. 끝까지 고집하지 못하고 쉽게 무너지는 자신의 행동양식이 몹시 거슬린다.

'구스다운? 흥! 뭐? 수수?

수수 좋아하네. ○백만 원 + ○만 원이 수수야? 거품이 너무 심해!'

딱히 누구에게도 아니게 그녀는 폭, 폭 화가 치밀었다.

기분이 명쾌하기는 영 글렀다. 그녀는 거위 털 점퍼를 걸쳐보지도 않고 그레이스 매장을 박차고 나왔다.

기실 새 옷을 입어도 입은 것 같지 않고, 예쁜 옷을 보아도 흥이 일지 않고, 따지고 보면 옷뿐일까. 살아있어도 살아 있는 것 같지 않고, 보아도 들어도 먹어도 잠을 자도 '같지 않다'는 그 징후가 며늘아기 죽음 이후 두드러졌다. 서른여덟 살 애들 에미가 세상을 뜬 것. 그것은 그녀 인생에서 최악의 사건이었다.

나이가 서른여덟이어서 더 그랬다. 딸만 셋인 집안의 장녀였던 며늘아기는 두 녀석을 양 옆에 거느리고 길에 나서면 절로 어깨가 으쓱해진다면서 좋아했다. 그런데 고 귀여운 녀석들을 놔두고 지 혼자 가 버려? 거기가 지 혼자서 후딱 달려갈 곳이더냐?

8살, 6살 두 꼬마 녀석들은 하늘나라가 어디에 있는지, 무얼 하는 곳인지, 사람들이 거기에 왜 가는지 아는 바가 없다. 알려고도 하지 않는다.

손자 녀석들은 제 엄마가 돌아오지 못할 그곳으로 영원히 떠나갔다는 걸 제대로 이해하지 못한다. 어떻게 이해해? 당장은 컴퓨터 게임이, 스마트폰 노리개가 그들의 어린 영혼을 붙들어 주고 있다. 장차 어떻게 해야 하는지 아무도 모른다. 젊고 건강한 지 남편은 두 녀석 데리고 혼자서 어떻게 살아가라고. 후유! 그깟 옷? 옷에 연연해 내가? 옷이 문제야?

그녀는 다른 매장으로 가서 몇 종류의 옷을 입어보는 해프닝을 또 벌인다.

옷을 입어보면서 거울속의 꺼실한 자신의 모습을 보며 나락으로 떨어지는 마음을 추스른다. 졸지에 엄마를 잃은 조카들을 배려하는 딸의 마음도 그녀는 십이분 헤아린다.

그러나, 역시 그러나였다. 두 손 털털, 흔들면서 그녀는 명동 롯데백화점을 나왔다. 다리가 뻐근했다.

겨울 짧은 해가 저물었다. 내일은 비가 내린다는 예보여서 지하철 역 구내는 침침했다. 퇴근하는 사람들의 발걸음이 빨라지고 있었다.

3호선으로 환승하는 길목에 더덕할머니는 더덕 껍질 벗기느라 여전히 골몰하다. 하얗게 껍질 벗긴 더덕 봉지가 할머니 좌판에 수북하게 쌓여 있다. 사람들은 더덕 할머니 앞을 무심코 지나간다. 그녀가 발걸음을 멈춘다.

"할머니?"

대답이 없다. 잘 벼린 손칼로 더덕 껍질 까는 데만 열중하고 있다. 두텁고 투박한 할머니 손을 바라본다. 할머니는 더덕 껍질 까는 손길을 멈추지 않는다.

"더덕 한 봉지 주세요?"

비로소 고개를 든다.

"내 나이 80이 넘었다우."

나이를 물은 것은 아닌데 할머니는 돌연 본인의 나이를 발설한다. 그녀는 얼핏 인생 80이 되기까지 거쳐 온 삶의 과정이 얼마나 험난했을까를 잠시 유추한다.

신문지 좌판에 늘어놓은 더덕 한 봉지를 집어 들었다. 만 원권 한 장을 꺼내 할머니에게 건넨다. 할머니가 돈을 받아 허리춤에 찬 낡은 주머니에 우겨넣는다. 웃는 것도 아니고 우는 것도 아닌, 할머니의 애매한 표정이 숱한 사연을 토로한다. 그녀는 더덕 한 봉지를 들고 3호선 방향으로 빠르게 걸어갔다.

"엄마! 샀어? 그 옷 괜찮지?"

일종의 확인전화다.

옷을 사는 일이 이렇게 번거롭다면 그건 순전히 명령을 내리는 이들의 횡포에서 비롯된다. 어머니도 딸도. 그리고 조연을 맡았던 큰언니의 행동도 피곤의 대상일 뿐이다. 그녀에게 옷을 사라고 백화점으로 내모는 딸, 할머니 학부모는 세련되고 멋져야 한다며 막무가내로 밀어붙이는 딸의 마음은 무슨 형상일까, 담뿍 고뇌를 머금고 동산에 이제 막 떠오른 아시시한 초승달인가.

호박 고구마 양재기를 내려놓고 백화점으로 달려온 그녀와 딸, 모두가 환자일 수 있다. 며늘아기가 발병하여 세상을 하직하기까지 수년 동안 온 가족이 환자가 된 것은 아닐까. 그녀는 옷 같은 건 안중에도 없다. 심신이 지쳐있다.

3호선에 오르자 딸이 또 전화했다. 그녀는 건성으로 응대한다.

"웅, 그냥 그래!"

"그냥 그런 것도 일부러 찾으려면 힘들다고. 올해는 그걸 입어. 내가 내년 겨울에는 진짜 좋은 것 사줄 거야!"

딸은 혁명공약이라도 낭독하듯 호쾌하게 말했다. 무슨 엄마 옷이 급하다냐? 할머니 학부모 자리가 그리 대단하다냐?

어린 시절 어머니는 집 마당에 더덕을 무수히 심어두고 흡사 청사초롱 같이 생겨 있는 더덕 꽃을 즐겼다. 더덕 꽃은 눈에 잘 뜨이거나 화사한 색깔이 결코 아니다. 꽃 잎 겉은 보라도 갈색도 아니게 복합된 색이고, 안은 연록색이던가. 깊이 들어갈수록 귀여운 반점이 있어 꽃의 분위기는 중후하면서 신비로웠다.

그녀는 더덕넝쿨이 어머니가 매어놓은 줄을 타고 사발 나팔꽃, 수세미, 포도, 유자 넝쿨과 서로 경쟁하듯 지붕 위로 치올라가던 그 시절의 평화가 그립다. 더덕을 캐서 반찬을 만들던 어머니의 젊은 모습이 선명하게 떠오른다.

그녀는 어머니의 더덕요리에 길들여져 자연스럽게 자주 더덕구이를 실습하는 편이었다. 대구에서 아들 일가가 오는 날은 불고기보다도 더덕구이를 준비했다. 더덕구이는 며늘아기가 가장 좋아하는 반찬이었다. 제어미를 따라 대구 애들도 즐겨먹었다. 그녀는 대구 애들이 이사 오는 날 더덕구이를 해줄 요량을 한다.

더덕할머니를 만난 게 고맙고 대견하다. 추운 겨울 시멘트 바닥에 더덕 자루를 벌여놓고 일심으로 더덕 껍질을 까는 할머니. 더덕 할머니도 내 어머니처럼 더덕 요리를 좋아하는 모양인가.

그녀는 자리에 앉자 이내 졸기 시작했다.

"어머님 맛있어요!"

쫄깃한 더덕구이를 손으로 찢어, 옆 사람이 침을 흘리도록 맛나게 먹던 며늘아기 목소리가 환청인 듯 들려온다.

그녀는 졸며 깨며 집으로 가고 있다. 더덕 한 봉지를 소중히 들고서.

입실파티

입실 파티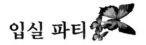

'시는 밥도 아니며 돈도 아니고 칼도 아니다. 그것은
따뜻하게 폭발하는 추억들, 바람의 경전經典, 기억의 간
선도로다.'

《풍경의 탄생》은 몇 페이지 넘기지 않아 인서安仁瑞가
읽기를 멈춘다. 이 글을 쓴 저자가 몹시 궁금했다. 저자는
시로, 혹은 그와 관련한 글을 써서 일정부분 목표? 글쎄 어
감이 이상한가? 목표를 달성한바 있고, 현재도 왕성한 필

력을 구사하고 있는 성공한 문필가군에 속해 있을 것이라고 추측한다. 그래서 이 시인은 이렇듯 오만한 문장을 콸콸 뱉어낼 수 있는 것이 아닐까.

밥도 아니고 돈도 아니고 칼도 아닌 시, '따뜻하게 폭발하는 추억'을 그 시인은 그의 시 세계에서 얼마나 많이 체험했단 말인가? 목표 또는 성공이란 것은 문학과 경제적 측면 두 가지 각도에서 이해해 볼 수가 있을까?

잡념 떨치고 본문으로 돌아가라, 배 아픈 증세를 잊기 위해서라도 글자 한 자 한 자를 더 자세히 들여다보라. 글이 품고 있는 의미를 꿰뚫어야 한다. 인서는 내면의 소리에 이끌려 책으로 신경을 집중시킨다.

그녀의 눈이 간신히 원 위치로 되돌아오는가 싶었다. 곧 다시 눈길이 엉뚱한 구석을 배회한다. 정신집중이 잘 안되고 있다는 증거다.

이른 새벽 세수하면서 빨아 널은 하얀 손수건. 그녀의 흔들리는 시선이 거기 머문다. 흔들리는 것은 시선이 아니라 마음이다. 마귀의 화살을 맞은 듯 오른 어깨가 결린다. 인서는 이곳 토지문화관에 온 후 주로 책만 읽었다. 물론 워드작업도 하긴 했다. 그 정도의 노동으로 어깨가 몹시 아프다는 건 이유가 안 된다.

그녀의 눈길이 손수건에 한동안 고정된다. 가로 세로 40~50 센티가 겨우 될까 싶은 사각 손수건에서 반짝 빛이 난다. 초록 들판에 내려앉은 백학인가. 손수건의 강렬한 하얀 빛이 눈부시다. 그 새하얀 광채가 그녀의 내심에 콕! 박힌다. 하얀 손수건에 시를 적어 그리운 이에게 전하고 싶다. 독서 중에 쓸 데 없는 사념은 멈추어라. 다시 또 하나의 인서가 출현하여 엄히 나무란다.

인서는 얼른 시선을 거두어 책으로 가져온다. 이번엔 향기가 따라왔다. 풀 향기였을까. 매지리 골짜기에 첩첩으로 숨어 있던 산정기일까. 연원을 알 수 없는 소소하고 미미한 향훈, 활짝 펼쳐도 얼굴의 도드라지고 움푹 들어간 윤곽을 겨우 가릴까말까 싶은 작은 손수건에서 비롯한 것인가. 아마도 그것은 대지 깊은 데서 길어 올린 물 향기일 가능성이 높다. 오봉산에서 내려온 맑은 바람일수도. 인서의 하얀 손수건이 토지문화관의 자연풍물과 함께 연출하는 요술일 터. 집에서는 단순히 하나의 손수건에 불과했다. 이웃친구가 종이 휴지를 될수록 사용하지 말라며 인서에게 준 것이었다.

인서는 자리에서 일어나 창 앞으로 다가선다. 창밖은 온통 초록 세상이다. 비 때문에 푸른빛이 두드러진다. 옷걸

이에 걸쳐놓은 손수건을 걷었다. 손 안에 쥐자 살포시 구겨지는 음감이 경이롭다. 인서는 손수건으로 얼굴을 가볍게 두들긴 후 목에 감는다. 기분이 상쾌하다. 인서는 작은 동작으로 배 아픈 것을 잠시 잊는다.

'소설이라는 파이는 현격하게 작아졌다. 그런데 이 작아진 '파이'에 너무나 많은 소설가들이 고픈 배를 움켜쥐고 달려들고 있다.'

고픈 배라고? 인서가 보기에 조금 무엄하다. 하긴 소설 쓰는 이야기가 언제 한 번 제대로 삶의 윤기를 담아 본 적이 있던가. 하지만 이건 돌이킬 수 없는 소설 비관론인가, 호된 질타인가, 죽기 살기로 창작에 매달려도 한 달에 ○만 원 벌기도 어렵다는 이야기가 신문을 장식한 일이 있다. 공개적으로 소설가들의 궁핍을 홍보한 기사에 다름 아니었다.

인서는 책을 보면서 민낯으로 소설가들의 가난한 일상과 마주하고 있는 것 같은 착각에 빠진다. 그것은 바로 인서 자신의 자화상이기도 하다.

'얼굴은 그 이면에 숨은 욕망, 내적 기질, 외상성 기억

78

들, 삶의 고단한 역정들을 드러낸다. 본디 얼굴은 타고 나는 것이지만 동시에 나날의 삶과 함께 새로 쓰여지는 것이다. 어디 그뿐이랴. 얼굴에는 삼라만상이 내비친다. 관상술이란 얼굴에 떠오른 천기天氣와 운명을 읽어내는 비술이다.'

이건 혹 관상학적 글인가? 우리 모두의 얼굴에도 위에 든 항목들이 무시로 표출되고 있겠지? 지금 이 순간에도 쓰여지고 있겠지? 얼굴을 보면 천기와 운명이 다 보인다고? 이론치고는 좀 괴이쩍다. 하긴 40이후에는 자기 얼굴에 책임을 지라는 이야기도 있긴 하다.

인서는 그 즈음에서 책을 덮는다. 아침밥을 해결해야 하는 시간이었다. 인서에게는 아픈 배가 있고 고픈 배가 따로 있는 것 같다. 초록 들판의 백학 한 마리, 백학도 초록 들판에 먹이를 사냥하러 온 것일 게다. 책 읽는다고 아침 식사를 거르지는 말자. 하얀 손수건이 일깨워 준 진실이었다.

인서는 소형 냉장고에서 햇반 한 개를 꺼낸다. 비가 억수로 퍼붓던 날, 마침 외출하는 옆방의 동화작가가 사다 준 비상용이었다. 햇반은 이미 화석처럼 굳어 있었다. 그녀는 하얀 손수건을 목에 두른 채 햇반을 데우러 휴게실로 간다. 이곳에 온 며칠 동안 인서는 매사 서툴기도 해서 제대로 식사를 한 기억이 없다. 입소한 날이 연휴였고 그리고 비는 그 후에 계속 내렸다.

휴게실 문을 열자 렌지 앞에 몇 사람이 서 있는 것이 보였다. 비가 오는 날 그들도 배가 고프구나 싶어 인서는 발길을 돌리려고 했다.

"어서 오세요! 우린 다 됐어요!"

누군가 말한다.

"고마워요. 저는 식당으로 가는게 낫겠는 걸요."

인서는 그들을 일별하자 아침 메뉴를 햇반에서 식빵으로 변경했다.

"그러실래요? 우린 간단히 때울 참이었죠."

인서는 숙소로 가서 햇반을 냉장고에 도로 집어넣었다. 대신 우산을 펼쳐들고 층계를 올라갔다. 비는 다소 뜸해져 있었다. 본관으로 가는 나무 계단은 생각보다 미끄럽지 않아 다행이었다.

식당은 한산했다. 비오는 아침, 다른 이들은 모처럼 늦잠을 즐기거나 방에서 커피를 홀짝거리고 있는 모양이다. 혹 밖으로 외출했는지도.

"어서 오십시오!"

인서와 같은 날 입실한 K작가가 H시인과 식사를 하고 있었다. 그들은 인서를 반갑게 맞이한다. 인서가 머물고 있는 귀래관과 그들의 매지사와는 반대 방향으로 거리가 떨어져 있어 식당에 와야 서로 대면할 수 있었다.

"여기 오니 뵙는군요."

간단히 인사를 나눈 후 인서는 주방으로 들어갔다. 빵을 굽고 딸기 잼, 그리고 계란 프라이를 식판에 받쳐 들고 식탁으로 왔다.

"커피 드시겠습니까?"

K작가가 물었다.

"예, 그럼 저도 부탁드릴 게요."

인서는 K작가의 호의를 흔쾌히 받아들이기로 한다.

"작업은 잘 진행 되십니까?"

H시인이 인서에게 물었다.

"저는 여기 오니 새삼 읽을거리가 보이네요. 쉽게 안정이 안 되고 해서 책만 읽었어요."

안정이 안 되고 있는 주원인은 아무 때나 기습하는 인서의 배앓이였다. 식은땀이 쫙 나면서 앉지도 서지도 못하고 절절매게 하는 고약한 증상이었다.

"이곳에 올 수 있는 것만 해도 우리는 축복받은 사람들이

지요. 이 좋은 조건을 잘 활용하셔서 좋은 작품 쓰십시오."

"네! 선생님도요."

인서는 그 말을 하자 흡사 하버드대학에 유학 온 학생처럼 마음이 부풀어 올랐다. 전 세계 인재들이 모인다는 하버드대학 캠퍼스, 푸른 잔디에 엎드려 책을 보는 하버드생들의 자유분방한 그림이 떠오른다. 인서에게는 이곳 토지문화관이 하버드이고 평화와 문학의 전당이었다.

뻐꾸기가 운다. 인서는 자주 뻐꾸기 소리를 들었다. 뻐꾸기가 종일 울어대므로 다른 소리는 일체 안 들렸다. 모든 것이 멈춘 듯한 시공 속에 저무도록 우는 뻐꾸기와 인생 자체가 소설인 인서가 존재했다.

K작가가 커피를 타 가지고 왔다.

"자아, 차드시고 산책 가십시다. 저는 오는 날부터 어찌바쁘게 일했는지 통 바깥 구경을 못했습니다."

그는 손가락 끝에 바람이 일도록 정신없이 썼다고 한다. 뭐가 될지는 두고 봐야 안다고 했다.

"하하하, 매지사에 모범생이 탄생하셨네요."

H시인이 커피 잔을 받으며 활짝 웃었다.

인서가 대강 주방을 정리하고 나오자 그들은 벌써 본관 앞 옥수수 밭을 지나 큰 길로 걸어 내려가고 있다. 비는 그쳐 있고, 검은 비구름이 어디론가 성급하게 몰려가고 있었다고 B선생님이 계시던 서재 울타리에 들장미가 하얗게 피어 그 향기가 바람을 타고 뭉클 날아왔다.

옥수수의 큰 이파리들이 바람결에 너훌너훌 춤을 춘다. 바람은 눈에 보이지 않아도 끊임없이 모든 살아있는 생명들과 접촉을 시도한다.

산책은 글 쓰는 게 본업인 그들에게 필수였다. 방에 들어앉아 글만 쓰다보면 다리가 붓고 몸이 경직되는 것을 누구나 체험한다. 더구나 오늘은 일요일이니 느긋하게 쉬거나 산책 코스가 다소 길어져도 나쁠 것은 없다.

그런데 오늘의 인서는 숙소로 돌아가 쉬고 싶다. 그 생각이 간절하다. 밤새 배가 아파 잠을 설친 때문이다. 책상 앞에 좌정하는 게 길면 길수록 인서는 배가 아프다. 낮에는 계속 더운 물을 마시면서 견디는데 밤은 길고 지루했다. 그녀는 밤에 잠을 잘 자기 위해서 산보를 선택한다.

몇 년 전 남미에 여행 갔을 때였다. 장시간 비행기를 타고 타카 공항에 내렸을 때 인서는 아랫배가 사정없이 아팠다. 머리에 열이 펄펄 나고 속도 메스꺼웠다. 진땀이 주체 못하게 뿜어져 나왔다. 긴 여행길에 기내식사가 체질에 맞지 않았거나 멀미 탓이라고 여겼다. 물을 갈아먹으면 발생하는 그런 배앓이로만 알았다.

얼마간 쉰 다음 다시 비행기를 타고 반나절에 걸쳐 띠깔 Tikal에 도착했을 때는 거짓말처럼 배 아픔이 사라지고 없었다. 그 지역의 울울창창한 원시림에 반해서일까. 청량한 공기 탓일까. 인서는 전 세계에서 온 관광객들 속에 섞여 정글 속에 자리한 마야신전Maya神殿의 최정상까지 올라갔다. 생애 최초로 유익한 여행을 경험했다. 피로감을 느끼지 못했다. 식사도 경치도, 함께 한 관광객들도 전혀 불편이 없었기 때문일까. 배가 아프기는커녕 심신이 날아갈 듯 가벼웠다.

인서는 귀국 행 비행기 안에서 올 때처럼 죽음의 배앓이를 반복했다. 허리도 펴지 못하고 엉기다 시피 인천공항에 도착했다. 그녀는 늘 가던 병원으로 달려갔다. 몇 가지 검사를 했지만 '이상 없음'이었다.

"선생님! 그럴리가요. 비행기에서 배가 너무 아파서 저 혼자 내릴 번했다니까요."

인서가 항의하듯 말했다.

"안인서님 검사 결과는 정상입니다! 일종의 스트레스 같습니다."

내과 의사는 시험 때, 제사 때, 여행 때, 몸이 쇠약해 질

때, 흔히 나타나는 증상으로 결론지었다. 학생들이 시험 때만 되면 맹장염을 호소한다고 하면서.

"무조건 잘 쉬세요!"

그 후 별다른 문제가 발생하지 않았다.

그러면 남미 여행보다 더 고달픈 어떤 요소가 인서의 정서에 예민하게 작용했다는 것인가. 몸이 배 아픔을 신호로 삼고 인서에게 휴식을 권하고 있는 것인가.

인서는 산책 뿐 아니라 일요일은 원주 시내로 외출하는 즐거움도 누리고 싶었다. 그녀는 이곳 토지문화관에 오기 전부터 원주라는 지방 도시에 남다른 호기심을 갖고 있었다. 청량리역에서 무궁화호 기차를 타고 태백, 강릉 방면으로 가는 과정에서 창밖의 시골스러운 풍경에 흠뻑 빠진 적도 있다. 더구나 원주 시내는 가보지 않은 장소이므로 기대가 컸다. 그 기대는 배 아픈 인서에게 사치가 되고 있다.

길가 집, 울타리밖에 분홍색 작약 꽃이 활짝 피었다. 열일곱 어린 여자처럼 탐스럽고 향긋하다. 배가 아픈 인서에게도 예쁜 것은 변함없이 예쁜 것이다.

K작가와 H시인은 큰 길에서 벗어나 회촌교를 건너 오른쪽으로 꺾어든다. 인서는 걸음의 속도를 빨리 한다. 개울을 사이에 두고 새로 지은 집들이 몇 채 보인다. 이곳으로

이주해 오는 도시인들이 늘어가는 추세인가. 유럽풍의 잘 지은 집 주변에는 마늘밭, 옥수수 밭, 감자밭이 푸르게 펼쳐있고, 불두화며 장미넝쿨이 울 밖으로 뻗어 나와 아름다운 자태를 뽐낸다. 길가 뽕나무에 진보라 빛으로 잘 익은 오디가 풍성하게 매달려 있다.

개울물이 차르, 차르, 흘러간다. 흥겨운 가락이다. 비온 뒤라 물 깊이가 더 깊어지고 개울의 면적은 넓었다. 그 물 가운데 우뚝 선 큰 바위들은 하나 같이 미끈하게 잘 다듬은 장년 남자의 면상을 닮아있다.

개울 건너에는 고불고불한 농로, 경운기 하나가 지나가면 족한 정다운 시골 길이 이어지고, 길 옆 논에는 심은 지 얼마 되지 않은 어린 벼 포기가 포릇포릇 자라고 있었다.

"여기, 이 올챙이 좀 보세요! 쪼그만 놈들이 바글바글하네요."

인서가 갑자기 목소리를 높였다. 쬐그만 올챙이들이 고무고물 움직이는 것이 신기했다.

"올챙이가 왜 이렇게 작아졌지? 이렇게 작은 올챙이 여기 와서 처음 보네."

그들은 발걸음을 멈추고 논물에 고물거리는 올챙이를 바라본다.

"걔들도 제초제 먹고 기형이 된 거예요. 저기 좀 보세요! 풀이 시커멓게 타 죽었잖아요."

K작가와 인서가 H시인이 가리키는 손끝을 따라 시선을 돌렸다. 논두렁의 예쁜 천사들, 엉겅퀴, 하얀 민들레, 애기 똥풀, 클로버 종류가 제초제에 까무라처 형체를 알아볼 수 없을 정도다.

H시인의 제초제란 말에 인서는 소름이 돋는다. 이따금 제초제가 사람을 죽게 하는 독약으로 둔갑한 기사가 뜬 일이 있었다. 실제로 그건 식물한테나 사람에게나 해로운 화학물질이다. 일손이 달리고 농비도 절약할 겸 농촌에서는 손쉬운 방법으로 제초제를 사용한다고 했다. 쌀도 대부분 그렇게 재배한 것이라는 이야기를 고흥에서 온 시나리오 작가에게 들은 것 같다. 운 좋게 살아남은 올챙이 가족들이 논물에서 자유자재로 유영하고 있는 것이다.

"오늘 저녁 새로 입실한 분들을 위해 입실 환영 파티 연다는 이야기 들으셨나요?"

올챙이를 보느라 넋이 팔린 인서에게 H시인이 물었다.

"네? 환영 파티요? 그게 무슨 파티 거리가 되나요?"

인서는 올챙이에서 고개를 들며 반문한다.

"어제는 퇴실하는 분들 파티도 했다는데요."

"입실, 퇴실, 파티 하다가 그럼 글은 언제 쓰나요?"

"그래도 쓰는 사람은 잘들 쓰나 봅니다."

K작가는 자기 자신을 말하고 있는 것일까. 그의 음성에 자신감이 실려 있다.

"저는 요, 사람 만나는 거 피할 겸, 위암 수술하고 제대로 쉬지도 않고 큰 맘 먹고 여기로 왔어요. 연초에 입실 희망서를 내고 날자를 받았으니 당연히 와야죠. 엉덩이에 못이 박이도록 한 장소에 죽치고 있어야 해요. 자꾸 들썩거리면 아무 것도 안 써져요. 우리가 여기 까지 온 게 다 그런 이치 아닙니까."

인서보다 하루 앞서 입실한 H시인은 인서와 K작가에게 동의를 구하듯 분연히 말했다. 그래서 시내로 출타하여 외식을 하지 않고 이른 아침 빵과 계란후라이를 드셨던가. 시간도 절약할 겸.

"마, 일단 여기 왔으니까 우리는 여기 식대로 따라야죠."

사람 좋아 보이는 K작가가 입실 환영 파티를 긍정적으로 시인하는 눈치다.

그들이 앞서거니 뒤서거니 하면서 토지문화관 문객들이 수시로 와서 물수제비를 뜬다는 방죽에 이르렀다. 방죽으로 내려가는 길은 비가 와서인지 꽤나 미끄러웠다. 걸음을 떼어 놓을 때마다 운동화 바닥에 벌건 황토 흙이 찐득하게 달라붙는다.

"조심해서 내려오세요!"

먼저 내려간 H시인이 말했다.

방죽에는 며칠 내린 비로 물이 거의 산기슭까지 차 올라 있었다. 산 그림자를 품고 있는 거무스름한 수면 위로 바람이 거침없이 불어왔다.

그들은 팔을 높이 들어 올리고 우주를 들여 마신다. 강원도의 청량한 바람을, 푸른 오월을, 검푸른 방죽을, 가슴에 품어본다. 마음이 붕! 공중으로 뜨는 것 같다.

방죽 근처에는 널린 게 돌이었다. 넙적하고 얄팍한 돌을 주어와 각자 물수제비를 시연한다. 시용! 돌 한 개가 물위를 미끄러지다가 얼마 못 가 물속으로 퐁당 갈앉는다. 방죽 물이 둥글게 넓게 파문을 그린다.

시용! 시용!

연거푸 물수제비를 시행한다. 어른 세 사람은 애들처럼 신이 나있다. 어쩌다 수석처럼 보이는 돌을 발견하게 되면 환성을 지르기도 한다.

"어, 시원하다! 여름에는 물이 최고야!"

물수제비뜨기에서 실패를 거듭하던 H시인이 방죽에 엎

드려 손을 물에 담근다. 그의 얼굴은 시낭송 할 때처럼 상기한 모습이다.

"어찌 여름뿐이겠어요?"

인서도 방죽 물에 두 손을 집어넣었다. 곧 등허리가 서늘해진다.

오전의 산보는 적지 않은 효과가 있었다. 숙소에 돌아온 인서는 배 아픔이 슬그머니 소멸한 것을 기적으로 여기며 읽던 책을 펼친다. 물수제비가 물속으로 퐁! 빠져 사라지지 않고 방죽 끝까지 도달하듯, 현재 상태라면 날이 어둡기 전에 빌려온 책을 다 읽을 수 있을 것 같았다.

　'시는 말의 예술, 시어는 상징과 은유의 언어, 시인은 침묵의 사원에서 제물을 놓고 제사를 집전하는 말의 사제다. 그러므로 쓴다는 것은 언어의 생생한 출현이며 아울러 사라짐이다'

인서는 문장 갈피마다, 단어 마다 그 어휘의 다양성, 절묘한 표현감각, 정교한 분석과 평설에 놀란다. 흠뻑 취한다. 감히 외람되게도 유협劉勰의『문심조룡文心雕龍』을 떠올리지 않을 수가 없다.

『문심조룡』의 저자 유협은 강소성 진강에서 빈한하게 태어나 어려서 부친을 여의고, 한 평생 결혼을 하지 않았다고 한다. 그가 약 5~6년에 걸쳐서 저작한 문심조룡은 도합 50장으로 이루어졌다. 중국문학비평사의 첫 번째 장편 거작, 청나라 이래 문학비평의 경전으로 평가받아온 책이다. 인서가 중국의 산수자연시를 공부할 때 거의 몰아의 경지에서 읽은 책이었다.

유학자이면서 불교에 정통한 유협의 문학관은 道 聖 文의 핵심적 개념위에서 건립, '문학이 인생의 근본이고, 인생은 또 도의 근본으로서 도는 우주법칙을 대표한다고 한다.' 〈유협,『문심조룡』, 연변인민출판사, 2007.〉

인생의 근본인 문학! 인서는 한 권의 책을 읽으면서 매우 행복하다. 『문심조룡』을 읽던 그 시절이 생각날 정도로 ≪풍경의 탄생≫〈장석주,『풍경의 탄생.』인디북, 2005.〉에서도 거의 심취할 수 있기 때문이다.

'남성주의적 현실과 제도는 여성의 자아와 본능을 말살하고, 여성을 학살하는 일방적인 희생과 강요를 정당화하고 고착시켜 왔다. 그러나 그녀들은 죽지 않는다. 그녀들의 가슴 속에는 부글부글 끓으며 흘러가는 용암이

있다. 그녀들은 신생을 꿈꾼다.'

'그녀들은 딱딱하게 굳어버린, 생산력이 고갈된 땅을 새롭게 갈아엎는다. 너무나 오랫동안 소진되어 이제는 메마르고 바스러지는 여성, 대지를 갈아엎는 행위는 여성적 정체성에의 회복에 대한 열망에서 발원하는 것이다.'

가부장제 하에서 억압받으며 시를 쓰는 여자이야기인가. 시론에서 여성론으로 이어지는 것인가. 이제는 메마르고 바스러지는, 다 맞는 말이다. 인서 그녀 역시 몸과 마음 추스르고 땅을 새롭게 갈아엎기 위한 행보가 아니겠는가. 수년을 벼르고 별러서 토지문화관에 온 인서의 예가 스스로 그렇다고 시인한다.

'우리가 1년에 500 파운드를 벌고, 자기만의 방을 갖는다면'하고 소망하던 버지니아 울프!'나의 불빛이, 자기만의 방이, 한 사람의 인간이 그리워진다'는 버지니아 울프의 서러운 이야기가 이 책에서도 공공연하게 펼쳐지고 있는 것이다.

인서도 자기만의 방이 절실해서 토지문화관으로 달려온 것. 단지 그 기간이 한 달에서 많게는 석 달에 한정된 자유라 할지라도 인서는 무한 감사했다. 그 고마움이 인서는 눈물겹다. 이곳에 머물며 새벽에 잠 깨어 글 쓰고 책 읽으면서 인서는 자주 하버드대학 유학생이 되곤 하였다. 신천지의 황홀경에 빠진 듯 뿌듯한 자긍심을 가지게 된 것이다.

『문심조룡』과 버지니아 울프를 기억해낸 인서는 점점 책속으로 몰입되어가는 자신을 인식한다. 저자가 예리하고 정확하게 여성 문제를 잘 꼬집고 있다고 수긍한다. 몰입의 시간은 장장 5시간이었다. 자칫하면 자기 몸의 학대, 홀대로 이어지는 과실을 저지르는 행위라고 할 만하다.

인서는 저녁 식사 시간이 된 것을 알지 못했다. 배 아픈 증상은 저절로 희석되었다. 그녀는 승리감, 성취감에 취하여 천천히 본관으로 이동한다.

저자는 어떻게 생겼을까? 구절구절이 신랄해! 이게 바로 비평가 정신이야!

인서에게 저자의 이름자는 익숙한 것 같았다. 하지만 직접 만나본 일이 없어 그 형상은 감이 안 잡힌다. 지구의 멀고 먼 외딴 섬에서 하버드대학에 유학 온 촌뜨기처럼 인서는 가슴이 두근두근했다. 기뻤다. 독서의 위력이었다.

식당 안은 썰렁하다. 아무도 없다. 외출에서 돌아오지 않은 것인가. 전원 금식하기로 결심했나. 인서는 광물질

같은 햇반보다 차라리 빵을 먹기로 한다. 아침처럼 빵을 구워 먹고 도서관으로 올라갔다. 읽은 책을 반품하고 인서는 다른 책을 고르지 않은 채 그대로 도서관을 나온다. ≪풍경의 탄생≫에서 맛본 신천지의 황홀경을 좀 더 만끽하고 싶었다.

인서의 방 앞에 누군가가 와서 문을 노크하고 있다.

"아, 이제 들어오셨네. 오늘 저녁… 입실 환영 파티 있는 거 아시죠?"

귀래관 맨 끝 방의 동화작가였다.

"아이고! 나 그런 거 생소해요. 무슨 파티를 다?"

"파티, 멋있잖아요? 동업자끼리 한 자리에 모여서 얼굴 한 번 보는 거죠. 준비하고 오세요! 장소는 귀래관 휴게실이에요."

인서는 난감했다. 내일 아침 첫차를 타고 나가 서울 병원에 갈 계획이면 하루 일과를 일찍 마감해야 하는 입장이었다. 배 아픈 증세가 도깨비 출몰하듯이 오락가락 제멋대로이긴 하지만 안심은 금물이다. 토지문화관에 온 이상 배 아픔으로 해서 하루 한 시간도 허투루 보낼 수는 없었다. 원인을 알고 대처를 해야 할 것이었다.

인서가 어둑한 시간, 휴게실로 간 건 예외적인 일에 속한다. 꼼짝 않고 긴 시간을 책읽기에 사용했으니 쉰다는 의도인지도 모른다.

안으로 들어서니 토지문화관의 하숙생, 문객들이 방을 꽉 메우고 있었다. 식탁에는 각종 과일이 빨간색 노란색 화려한 색감으로 식욕을 돋운다. 휴일 식사가 부실한 편이더니 양념치킨도 눈에 들어오고, 생선회와 소주병도 몇 병 놓여 있다. 초고추장이 풍기는 새콤한 내음도 사람들 사이를 비집고 번져왔다.

"자아 이제 시작하겠습니다. 우선 이 자리를 빌어 귀한 자리를 준비해주신 토지문화관 선생님들과, 입실 선배님 여러분께 감사의 말씀을 드립니다. 여러 분 반갑습니다. 각자 앞에 있는 잔을 높이 들어주세요! 건배하겠습니다. 제가 '문학을!' 하면 여러분은 '위하여!' 하시는 겁니다!"

"문학을!"

"위하여!"

일순 쨍! 하고 유리컵 부딪는 소리가 났다. 이어서 일제히 우와하하, 하고 호쾌한 웃음을 합창으로 날렸다.

"그럼 먼저 ○선생님께서 자기소개를 해주시겠습니다.

인서는 늦게 온 벌인가 싶어 그 억양을 따라 고개를 돌린다. 중앙에 앉아 있는, 얼핏 보아도 키며 몸집이 그다지 우람하지 않은, 그렇다고 왜소는 아니었다. 인서의 눈에 비친 그는, 체격이며 이목구비가 잘 짜 맞추어진 아담한 남자였다.

인서가 머뭇거리자 인서 방을 두들기던 동화작가가 친절하게 속삭여준다.

"선생님! 본인 이름, 그리고 사는 곳과 등단연도, 저서, 그리고 소설을 쓰시게 된 동기나 그 외 재미있는 이야기도 좋습니다."

통과의례? 입실 신고? 인서는 황망 중에 잠시 생각을 정리한다. 이를테면 문학정보를 발설해야 하는 순서였다. 인서는 피해 갈 수 없는 상황임을 알아차린다.

인서는 당황스러웠다. 방송국에 가서 인터뷰 할 때도 이렇게 당황하지는 않은 것 같다. 그러나 인서가 말하지 않을 구실 또한 당장은 찾아지지 않았다. 인서가 어렵게 입을 열어 자신의 문학과 인생에 관해 비교적 소상하게 말을 마쳤다. 일시에 장내분위기는 침묵과 엄숙함으로 일변했다.

"그러시구나. 참, 대단하십니다. 한 가지도 힘든데 학문과 문학, 두 가지를 하고 계시는 분이십니다."

사회자의 말에 "어머!"하고 탄성이 터진다.

"기왕 오셨으니까 좋은 작품 쓰십시오. 다 함께 박수로

○선생님을 칭찬 하십시다"

박수소리가 일순 방안의 공기를 새롭게 채웠다. 사회자는 그 다음 순서로 H시인을 호명했다. 일곱 번째 시집을 준비하기 위해 위암 수술하고 퇴원 후 곧 입실했다는 H시인이었다.

"훌륭하십니다. 이 자리에서 선생님의 자작 시 한편 낭송해 주십사 청하면 허락해 주시겠습니까?"

사회자가 정중하고 예의 바르게 시 낭송을 제의했다.

H시인이 자작시를 낭송하자 장내는 침묵과 긴장 속에서 안온함으로 갈앉는다. 부드럽고 따뜻한 정감이 묻어나는 시였다. 맑고 편안한 음성 또한 사람들의 가슴에 젖어들었다.

식탁에 놓여 있는 음식들은 빠른 속도로 줄어가고 있다. 사람들은 방울토마토나 참외 보다는 치킨과 생선회를 안주로 소주를 마셨다.

돌연 인서의 배가 사르르 아파지기 시작했다.

"지금 좌장을 맡고 계시는 분 성함은?"

인서는 자신의 곤란한 경계를 넘어보려고 한 말은 아니었다. 진정으로 알고 싶었다. 방으로 들어설 때 인서는 직사각형 탁자의 중앙에 자리 잡은 가무잡잡한 피부의, 다른 이들에 비해 너무나 당당해서 도도해 보이는 그의 정체가 궁금했다. '혹 시인? 혹 평론가? 혹 내가 모르는 유명소설가?' 인서는 혼자 추리하고 판단을 내렸다. 왜냐하면 그의 자리가 중앙이었기 때문이다. 어느 모임이나 각기 자리에는 그만한 타당성이 있다.

"선생님 모르셨어요? J시인, 평론도 하시고, 『풍경의 탄생』을 쓰신 분이세요"

좀 전에 인서 방을 두들기던 그녀였다.

'앗!'

인서는 반 강제로 손에 들게 된 소주잔을 바닥에 떨어트릴 번했다. 떨어트리는 실수는 면했지만 소주가 흘러 인서의 손을 적시고, 예의 하얀 손수건이 신속하게 등장하지 않으면 안 되는 상황이었다. 그는 인서가 버지니아 울프와 『문심조룡』을 떠올리며 황홀경에 빠져 읽은 바로 그 책의 저자였다.

인서는 그 다음 순서가 어떻게 돌아갔는지 자세히 헤아릴 수가 없다. 각자 자기정보와 문단 이력을 진솔하게 신고했을 거라는 것, 분주히 소주잔이 오간 것, 그리고 누군가가 술을 계속 들이켜고 나서 발악하듯 흘러간 옛 노래를 밤이 늦도록 뽑았다는 것, 결국 문학을 위하여 개최된 입실 환영 파티는 문화 예술적으로 종료되었을 거라는 것이 인서가 유추할 수 있는 파티의 전말에 해당한다.

그 밤 숙소에 돌아온 인서는 우수한 예술가 집단의 일원으로 편입한 듯 흥분을 제어하기 어려웠다. 그 자리에 모인 이들의 들꽃처럼 순정한 문심文心과 소박한 포부에 목이 메었다.

입실 환영 파티 이후 배 아픔이 다시 그녀를 공격했다. 아마도 신체적 감정적 과부하 현상일 것이다. 배 아픔을 도깨비라고 지칭한다 해도 이건 몹시 성가시고 얄미운 도깨비에 속한다. 병원 가는 일을 연기할 수 없는 이유였다.

다음 날, 인서는 몸이 아파 병원에 다녀온다는 이야기를 접수했다. 사무실 직원은 인서에게 시외버스 시간표를 주었다. 첫차를 타기에는 두 시간여나 기다려야 했다. 인서는 인사 겸 매지사의 H시인의 방으로 갔다.

진즉에 노트북을 가방에 집어넣었으니 인서는 잠시 사용하자고 꽁꽁 싼 가방을 풀어놓을 수는 없었다.

"갑자기… 부득이… 선생님 컴을 제가 지금 좀 사용할 수 없을까요?"

인서가 변명처럼 늘어놓으며 H시인의 컴 앞에 좌정했다.

그녀는 컴을 열고 〈내일은 맑음〉하고 제목을 입력한다. 맺힌 응어리를 풀어내듯 문장이 폭죽처럼 폭! 폭! 터져 나왔다. 금세 한 작품이 탄생하고 있었다.

장차 지구의 종말이 온다 할지라도 인서는 내일은 맑음
이라야 한다는 게 그녀의 지론이었다. 그녀의 글에서 내일
은 맑아야 한다는 굳센 소원이 소용돌이쳤다. 그녀의 내일
은 단순히 시차적인 내일에 국한하는 것이 아니었다. '진
실로 원하는 곳에 목표를 세우고 정진하게 되면 자연스럽
게 격발되는 그 마음이 다다르는 곳' 인서에게 맑은 내일,
그것은 그녀의 총체적 삶의 결실을 가름하는 빛나는 미래
였다.

단숨에 초고를 쓴 인서는 그것을 읽고 수정할 사이도 없
이 일단 자신의 메일로 발송하는데 성공했다.

"H선생님 감사합니다. 멀쩡하게 있다가 갑작스럽게 (문
장이) 쏟아져 나와서요."

"그게 바로 프로정신이라는 거 아닙니까? 보아하니 글
솜씨가 탄탄, 오래 연마하신 실력이신데요."

"선생님. 별 말씀을. 이상한 것은 저는 여기 와서 어떤
힘을 느껴요."

"하긴 저도 좀 그랬습니다. 입실파티까지 하고 나니 나
름대로 고무되고 분발심도 생기네요. 우리 함께 문학을 위
하여 최선을 다 하십시다."

"H선생님도 보통 분이 아니세요. 암 수술하고 쉬지도 않으시고 곧바로 입실하시다니."

"지금 이 시간이 저는 가장 행복합니다."

"예! 저도 그런 것 같습니다."

인서가 컴을 닫고 자리에서 일어섰다.

"어제 밤 입실파티에서 좌장을 맡은 그분 책, 방금 도서관에 가서 빌려 왔어요."

K작가가 H시인 방으로 다가오며 소년처럼 큰 소리로 외쳤다. 그의 손에 인서가 이곳에 와서 몰입해서 읽은 J시인의 평론집이 들려 있었다.

"저는 그럼. 이만 가겠습니다."

"조심해서 다녀오십시오!"

H시인과 K작가가 손을 흔들었다. 오월 하늘이 맑게 개어 있었다. 멀리서 시외버스가 금계국 꽃이 파도치는 회촌마을을 향해 힘차게 달려오고 있는 것이 보였다.인서는 버스 정류장을 향해 발걸음을 빨리했다.

고래 춤추다

고래 춤추다

지하철 안은 초만원이다. 그녀는 출입문 옆에 빈자리를 발견하고 얼른 다가가 앉았다. 그녀가 살고 있는 신도시 주변에 최근 각종 건축물과 아파트가 많이 들어서므로 해서 출퇴근 시간은 말할 것도 없고, 한 낮이나 밤중 할 것 없이 만원 사태가 벌어지곤 한다. 제2 자유로가 건설되었으나 대중교통 수단이 전에 비해 사정이 나아진 것 같지는 않다.

한 남자가 작은 수레를 끌고 나타났다. 그는 큰 소리로 상품에 대한 설명과 함께 지하철 안을 이리저리 돌며 상품을 펼쳐 놓는다. 앉아있는 승객들의 무릎 위에 얹어 놓기도 한다. 한 사람이 지나가면 또 다른 사람이 나타나서 다른 상품을 선전한다. 백화점이나 일반 가게에서는 그가 제시하는 가격의 무려 3배가 넘는 가격을 호가한다고 하면서 승객들의 구매의욕을 부추긴다.

그들이 판매하는 물건은 별의별 것이 다 있다. 산행이나 아주머니들 시장갈 때, 모자도 되고 스카프로 사용해도 좋다는 체크무늬 모직 천, 굵은 다리를 커버하고 몸매를 받쳐준다는 레깅스, 넘어져도 미끄러지지 않게 손바닥 면을 오톨도톨하게 처리한 장갑, 또는 장애인 조합에서 생계 수단으로 정성껏 만들었다는 손수건, 그뿐인가. 비 오는 날은 색색의 비닐 우비와 우산, 그리고 낚시나 등산 갈 때 간단히 불을 밝힐 수 있는 작은 형광등 등이다.

지하철 내에서의 상행위는 대개 3~5분 정도에서 끝난다. 한 사람의 상품 선전이 끝나면 또 다른 사람으로 연속 이어진다. 남자도 있고 여자도 있다. 먼 길을 뻣뻣이 서서 가야하는 승객들에게는 짜증나는 일이 아닐 수 없다. 그러나 그들도 먹고 살기 위해서 하는 일이다. 치열하다 못해 비장한 생활 전선이 되고 있는 지하철 안에서의 불편을 누구도 거론하기는 쉽지 않다.

행상인들은 그런대로 좀 보아줄 만하다면, 승객들에게 ○○교회 소식지 같은 것을 돌리며 전도와 포교의 사명에 충실한 광신자 계열의 종교인들을 만나는 때도 있다. 그들의 독선과 오만은 사람들에게 혐오감을 불러일으킨다.

'예수 천국! 불신자 지옥!'

흑백논리에 기초한 단순한 어투와 구호가 귀에 거슬리기 때문이다. 이런 경우 행상인들에게 대하던 것과는 다른 형태의 감정이 머리를 쳐드는 것을 느끼게 된다. 그들은 예수를 믿지 아니하면 지옥에 떨어진다고 겁을 준다.

신앙을 빙자하여 공갈 비슷하게 반 위협적인 언사를 사용하는 무리들까지 그렇게 한 떼의 사람들이 지하철을 휘젓고 지나간다. 한동안 지하철 안의 고요가 유지된다고 생각할 즈음 50대의 남자가 새로 등장했다.

이번에는 또 무엇인가. 그녀가 감은 눈을 반짝 떠서 바라본다. 약간 이색적인 물품이 눈에 들어왔다. 대형마트나 슈퍼마켓에서 흔히 볼 수 없는 어린이 장난감이란다. 얼핏 보기에는 둥근 공이었다. 남자가 그 둥근 공같이 생긴 투명한 물체를 지하철 바닥에다 힘껏 내려쳤다. 그 순간 예쁜 무지갯빛 광선이 비치면서 그 속에 들어있는 고래

106

형태의 물체가 이리저리 쏠렸다. 즐겁게 춤을 추는 모양새였다. 오묘한 색채의 별들, 은하계의 초록색 별무리가 고래를 닮은 물고기를 호위하는 듯한 동작들도 흥미를 끌었다.

고래 형상이 요동치듯 춤을 추면 수많은 별들도 따라서 움직인다. 그러나 바닥에 그 공을 내려칠 때라야만 작은 공의 쇼를 관람할 수 있다. 내려치는 동작을 멈추면 고래의 춤도, 뭇별들의 출렁임도 멈추고 만다. 그러니까 고래의 춤이랄까, 별들의 향연을 보고 싶다고 한다면 그 공 같이 생긴 가짜 어항을 높이 들어, 바닥을 향해 연속 내려쳐야 한다는 조건이 전제되지 않으면 안 된다.

지하철 바닥에 한 번 두 번 반복해서 환상의 어항을 내려치는 행상아저씨를 바라보던 승객들이 하나 둘 그들의 지갑을 열기 시작했다. 어른은 아이의 아버지라고 했던가. 어린 시절 전쟁이다, 보릿고개다 해서 제대로 자신만의 놀이터나 장난감을 소유해본 일이 없는 노년, 장년들이 어항 모양의 장난감을 신기한 듯 바라보는 것으로 그친 것이 아니었다. 그것의 가격이라야 단돈 2천원이라고 했다.

그들은 천 원짜리 두 장을 손에 움켜쥐고서 가짜 어항을 파는 행상아저씨가 자신들의 앞에 다가오기를 간절하게 기다리는 모습이다.

이쯤 되면 그녀도 가짜든 진짜든 고래가 춤추는 환상의 어항에 대하여 관심을 갖지 않을 수가 없는 것이 아닌가. 어항으로 말할 것 같으면 결코 그녀에게 먼 나라 이야기가 아니다. 사주 명식에 수기水氣가 부족한 사람은 자주 신장 계통의 병에 노출되고, 무슨 일을 할 때 융통성 발휘가 어렵게 된다고 하는 이야기는 전부터 익히 알고 있었다.

비보禪補의 개념으로 집안에 연못을 파거나, 혹은 방안에 항상 수기를 보충해주어야 한다는 이론을 들은 적이 있다. 그 수기의 보충으로 가장 보편적으로 대두되는 게 어항을 비치하는 것이다. 그 이론을 믿어서라기보다는 기왕이면 다홍치마라고 그녀는 어항이나 물고기에 관하여 비교적 관대한 사고를 소유한바 되었다.

그렇지만 어항을 집안에 들이는 문제는 재고의 여지가 있다. 아파트라는 공간에서 걸핏하면 죽어나가는 금붕어 가족들, 그리고 어항 청소의 어려움에 무심할 수가 없다. 금붕어도 생명인데 자주 죽어나가면 기분이 썩 좋을 수가 없는 것이고, 금붕어의 집인 어항 청소라는 항목에 있어서도 그녀는 자신 있게 말할 처지가 못 되었다.

그래저래 어항에 대한 동경 내지 선호도를 누그러뜨리며 다만 더 나이 들면 시골집에 내려가 살게 될 시기를 기다리고 있다고 함이 맞을 것이다. 뜰 한 편에 작은 연못 하나 만들어두고, 다양한 품종의 수초와 수련을 심어 꽃을 피우며, 더불어 고급 어족인 비단잉어가 되었든 개천의 붕어나 미꾸라지라도 함께 기르자는 희망을 품어오던 중이다.

그 희망은 현재의 그녀의 삶의 여건이나 생활 패턴으로 미루어 볼 때 조속한 시일 내에 성취될 수 있는 성질의 것은 아니다. 풍광 좋은 시골집 이주나 전원생활에 대한 동경은 수십 년 동안 도시의 삶에 길들여진 대다수의 사람들에게 그것은 한 낱 그림의 떡이요, 멀고 먼 허공에 메아리치는 피안의 깃발 같은 것에 불과했다.

도시의 삶이 좋아서 도시에 오래 머물러 살게 된 것만은 아니다. 인연 따라 살다 보니 그리 된 것이고, 이제는 시골로 내려가 새로운 삶의 방식을 적용하기에는 모든 것이 부적합한 상황이라는 것이다.

성경에는 삶의 경계와 구역을 하나님께서 지정하신다는 이야기가 나온다.

'인류의 모든 족속을 한 혈통으로 만드사 온 땅에 거하게 하시고 저희의 년대를 정하시며, 거주의 경계를 한하셨으니~(행전 17: 26)'

사람이 저 혼자 도시가 좋아 도시에 살고, 시골이 괜찮다 싶어 시골에 살게 되는 이치가 아니라는 것이다. 하나님께서 경계와 구역을 아예 정하신다고 한다. 어찌 보면 운명론과 유사한 감을 떨칠 수가 없다. 이미 주어진 것이므로 순순히 따라야 하는 원리였다.

근래에 이르러서 중장년층에서 점차 도시를 떠나 시골로 낙향하거나 귀농하는 사람들이 많다고 매스컴은 전한다. 그것은 일부분에 불과하다고 할까. 왜냐하면 명퇴나 은퇴를 맞이하여 복잡한 도시로부터 탈출하고자 하는 계기나 욕망이 생기기도 하겠지만, 그것만으로는 귀향의 의미를 다 설명하기는 어렵다. 말이 좋아 전원주택이고 시골에서의 낭만적인 삶이다. 막상 시골에 정착하기로 한다면 여러 가지 고려하고 준비해야 할 것들이 많은 게 당연하다.

공기 좋고 물 좋은 자연 경관으로 말할 것 같으면 도시와는 비교할 수 없을 정도로 뛰어난 조건을 갖추었다고 말할 수 있다. 하지만 도시문명에 길들여진 삶의 습관을 단시일에 전환하거나 개선하기는 그리 용이한 일이 아닐 것이다.

시골의 빈집들이 그룹지어 낙향한 사람들로 거의 채워지고, 그들은 버섯재배다 특용작물이다 해서 농촌생활에 도전하는 예를 매스컴에서 자주 목격하게 된다. 그것은 어디까지나 농촌에서의 노동력을 감당할 수 있는 젊은 층에게 국한한 이야기가 아닐 수 없다. 그러나 노동력만 가지고 해결되는 것도 아니라는 것쯤은 알 사람을 다 알고 있다.

그녀의 시골로의 이주 결정은 이런저런 이유로 해서 실제로 어려운 국면에 접어들었다고 말할 수 있다. 시골에 살게 되면 신체적인 근로 노역은 감안해야 한다. 그것이 운동 차원이 아니고 부식을 해결하기 위한 방편이나, 일상의 생활 패턴이 되었을 때 과연 도시에서 태어나 도시에서만 살아온 노약자가 감수할 수 있느냐 하는 것은 더 부연 설명이 필요하지 않다.

전원생활을 직접 경험한 사람들, 퇴직금으로 전원주택을 지어 자연과 더불어 창작생활을 즐기며 살겠다는 의지로 귀향한 사람들의 예를 들어보자. 그들은 채마밭에 막무가내로 돋아나는 잡초를 제거하는 데만 엄청난 시간적 소모와 육체적 노동으로 창작은커녕 책 한 권 읽을 틈이 주어지지 않는다고 한다. 자신만의 창작세계를 향유할 만큼 마음도 몸도 한가롭지 않다고 하소연한다.

집안 곳곳에 돋아나는 잡풀이건, 본래 심어져 있던 나무 종류며, 인간이 먹을 수 있는 야채 따위, 일단 그것들에게 마음을 뺏기고 보면 다른 일은 숫제 거들떠 볼 여유가 없다고 했다. 뽑으면 뽑을수록 끈질기게 올라오는 잡초도, 나름대로 꽃을 피우게 되면 사랑스럽고 친근감이 든다고 한다. 무슨 꽃이든, 꽃을 싫어할 사람이 있을까. 그 꽃들을 애잔한 시선으로 바라볼 줄 알게 되고, 상추나 쑥갓 시금치 아욱 등 먹는 채소인 경우에는 매번 뜯어먹어도 연속 새 순이 나와 그 모습이 그럴 수 없이 대견하고 신통하다는 것이다.

자신도 모르는 사이에 그들과 친해지고 아침저녁 마주 바라보며 이야기도 나눈다고 한다. 그러다보면 글 같은 것은 써서 무엇 하나 하는 자조감 내지는 별 것 아닌 일로 여겨지더라고 했다. 말없는 일개 식물일지라도 독립된 생명체로서 사람과 교감을 나눌 수 있고, 관심을 기우린 만큼 튼실하게 자라 꽃피고 열매 맺는 게 더없는 즐거움이 된다고 한다.

그런 즐거움을 새롭게 발견하면서부터 허구로 이루어지는 소설 쓰기는 뒷전으로 물러나고, 한편의 단편소설도 쓰지 못한 채 1년, 3년, 세월만 흐른다고 토로하는 소설가를 본 일이 있다. 뻐꾸기 소리 들으며 전원에 사는 재미가 그런데 있는 모양이라고 흡족해 하던 그 분의 천진한 동안이 생각난다.

　들판이나 강가에 떠도는 잠자리처럼 유유자적, 자신의 창작생활을 지속시켜나가기엔 여건이 만만치 않다는 결론이었다. 형편이 그러하니 어찌 그녀가 한적한 시골집의 작은 연못을 꿈꿀 수 있을 것인가.

> ♪저 푸른 초원 위에 그림 같은 집을 짓고
> 사랑하는 우리 님과 한 백년 살고 싶어
> 반딧불 초가집도 임과 함께면 나는 좋아
> 나는 좋아 임과 함께면 임과 함께 같이 산다면♪

　노래 가사는 사랑하는 임과 함께라면 초가집도 반딧불도 다 좋다고 호들갑이다. 이렇듯 그림 같은 집은 누구나 일단 꿈을 꿀 수는 있다. 그러나 그 실현은 누구에게나 가능한 것은 아니다. 멀리서 바라보면 한없이 정겹고 아담한 초원 위의 집이야말로 평범한 인간 군상들이 동경하는 바이지만, 그건 여전히 그림 같은 집일 따름이다.

　그림 같은 집의 뒤란이나 앞 쪽에 연못을 파고 노랑과 남청색의 난초, 창포를 심어두고 갯버들로 운치를 더하면 그야말로 초원 위의 집은 시적 정취와 낭만을 품게 된다. 그 위에 서늘한 달빛이 비친다고 가정해 보자. 시원한 동동주 한 잔 어찌 절실하지 않겠는가. 치열한 창작의 노고에 앞서 흥얼흥얼 유행가 가락을 읊조리게 될 줄 누가 알겠는가.

그녀는 그림 같은 시골집의 연못이건, 아파트의 어항이건 두 가지 모두 해당 사항이 못 된다는 것에 동의하지 않을 수가 없다. 안 되는 일에 대한 신속한 포기와 체념은 빠를수록 좋다는 사실을 오래 전에 체득한 바 있다.

자연 속에 그림 같은 집을 짓고 수련이 피어나는 연못을 꿈꾸는 것은 현재의 그녀로서는 자다가 봉창 두드리는 일이 아니고 무엇이랴. 혹여 또 어항을 집안에 들여놓는다 해도 그 뒤치다꺼리가 지레 겁을 먹게 하기에 족하다. 금붕어의 생존기간이 지극히 짧다는 것을 경험으로 알은 연후에 어항을 집에 들이지 않으려는 그녀의 결심은 공고해졌다고 할 수 있다. 턱없이 부족한 수기를 보충하기 위해서 그녀가 할 수 있는 것이라곤 거실 벽에 바다 그림, 혹은 수련이 동 떠 있는 유명화가의 그림을 구입해 걸어놓는 정도였다.

각종 상념이 머릿속에 종횡무진 펼쳐지는 동안 예의 어항 장사는 어디론가 사라지고 없었다. 다른 칸으로 갔거나 아예 지하철에서 내려 다른 방향으로 갔을지도 모른다.

그녀가 혀를 끌끌 찼다. 언제나 사후약방문이요, 지나놓고 가슴 치기에 익숙한 형국이었다. 지갑을 나온 천원 권 지폐 2장이 그녀의 손에 펼쳐져 있었다.

그녀는 자리에서 일어섰다. 신속히 앞 칸으로 발걸음을 옮긴다. 두리번두리번 살핀다. 아! 있다! 환상의 어항을 가득 실은 행상아저씨의 작은 손수레가 거기 있었다. 그녀는 반가웠다. 성큼 그 아저씨에게 다가갔다.

장난감 어항은 환상이란 어휘에 걸맞게 색깔도 가지각색이었다. 분홍색, 노란색, 하늘색 등, 대개는 촌스럽고 어설픈 원색 계열의 색조였다. 그러나 작은 수레를 가득 채운 어항들이 그녀의 눈에는 더 할 나위 없이 눈부시고 현란한 색으로 돋보였다. 그녀는 흔쾌히 결정했다.

"이걸로 주세요!"

하늘 색 바탕의 둥근 공 안에서 고래가 춤을 추는 어항이었다. 어항 파는 아저씨가 즉시 바닥에 힘껏 내리쳐 그녀에게 시범을 보여주었다.

그녀가 그것을 소중하게 가슴에 안고서 좀 전에 앉았던 자리로 돌아왔다. 그녀는 회심의 미소를 지었다. 수년래 보아온, 지하철 안에서 판매하는 그 어떤 상품보다 제법 쏠쏠한 물품이라고 여겼다.

'흠! 살다보니 이런 걸 다 사게 되는군!'

그녀는 그 어항을 보면서 독백했다. 그것은 단돈 2천원의 지출과, 그리고 그 어항속 고래 한 마리에 대한 흡족함의 표현인 셈이었다. 바라만 보고 있어도 절로 미소가 피어올랐다. 평소에 웃을 일이 별로 없던 그녀였다. 작은 어항의 위력은 까짓 몇 푼의 돈으로는 거론할 수 없이 막대한 가치로 바뀌어져갔다.

웃는 듯 마는 듯 비스듬히 고개를 숙인 그녀는 깜빡 잠이 들었다. 하늘 색 어항은 그녀의 오른손에 굳게 쥐어진 상태를 유지하고 있다. 어항 속의 고래도 지쳤던지 삐딱하게 누운 자세였다. 헤엄치기도 춤추기도 중단한 것처럼 보였다.

그녀의 병은 수년에 걸쳐서 수월하게 차도를 보이지 않았다. 고도로 발달된 의술, 현대 과학과 접목한 정교한 의료기기가 그녀의 중상에 별다른 효험을 나타내지 않았다.

그해 가을에 이어 겨울이 그렇게 흘러갔다. 혼자서는 침대에서 일어날 수도, 내려올 수도 없는 참담한 환자의 생활이 계속되었다. 병원에서 가져온 약은 무작정 잠만 자게 하거나, 그나마 남아 있던 기력을 깡그리 소진시켜 그녀는 운신할 수도 없게 되었다.

약을 먹으면 먹을수록, 약이 병을 부르고 병이 약을 부르는 악순환의 반복이었다. 그렇다고 약을 끊게 되면 잠조차 잘 수 없었다. 일종의 중독현상이었고, 그것에 길들여진바 되어 약으로 겨우 목숨을 지탱하는 꼴이었다.

병원 치료에 더 이상 희망을 걸 수 없게 되었다는 사실을 그녀는 인정했다. 눈에 이상이 있으면 오로지 눈. 위장에 거북 증세가 따르면 위장에 한해서만. 잠을 못자면 수면제 처방, 그런 방식으로는 긴 세월 누적된 악성 증상들을 해결하지 못했다.

그녀의 생명 연한이 얼마 남지 않은 것으로, 그것이 기성 사실화하여 주변 사람들의 입에 오르내렸다. 숫제 음식을 먹지 못한다는 것은 죽음이 그만큼 가까이 다가왔다는 증표였다. 안색이 누르딩딩한 것이, 밝은 혈색은 말끔히 사라져갔다. 음식을 멀리한 입에서는 고약한 냄새가 풍겼다. 입안이 소태처럼 쓰다는 것은 중증환자의 당연한 귀결이었다. 어떤 약물, 어떤 음식으로도 소생의 기운을 되살릴 수는 없어 보였다.

주방에서 보글보글 무엇인가가 끓고 있다. 한말 들이 커

다란 스테인리스 통에서 비릿하면서 구수한 냄새가 흘러 나왔다. 그 냄새는 집안 곳곳으로 스며들었고 앞뒤 유리창 엔 물안개가 담뿍 서렸다.

그녀의 퇴락한 입맛, 곰팡내 비슷한 냄새가 나던 그녀의 입안에 모처럼 맑은 침샘이 고이기 시작했다.

그 이상하리만치 식욕을 끌어내는 듯한 냄새에 이끌려 그녀는 무거운 몸을 일으켰다. 주춤주춤 식탁으로 다가 갔다. 식탁에는 밤새 푹 고아진 어탕이 준비돼 있었다. 어탕을 담은 대접에서 비린 냄새 대신 후추와 깻잎 향기 가 났다.

그녀는 후후 불어가며 대접의 어탕 국물을 떠먹었다. 한 숟갈 두 숟갈 떠먹을 때마다 그녀의 기력은 어탕 국물 그 분량만큼씩 향상하고 있었다.

준석은 직장이 파하면 곧장 컵라면과 낚시도구를 챙겨 강가로 나갔다. 한강 물이 전에 비해 맑아졌다고 했지만 전적으로 공감할 수는 없었다. 차를 몰고 더 먼 곳, 임진강 으로 갔다. 강가에서 낚시를 드리운 채 별을 보며 밤을 새 웠다.

운이 좋은 날은 팔뚝 만 한 잉어가 제법 올라왔다. 깨끗이 다듬은 다음 중불에 장시간 고았다. 먹을 만큼 작은 냄비에 덜어 후추를 뿌리고 들깻잎을 얹었다.

병원 약을 봉지 그대로 쓰레기통에 버렸다. 그 대신 그녀는 자의 반 타의 반 잉어 탕을 장복했다. 병색은 거짓말처럼 걷혀갔다. 점차 밥을 먹을 수 있게 되었고, 수면제 없이 잠을 잤다. 얼마 지나지 않아 침대에서 내려와 집 안과 밖으로 산책을 시도할 수 있게 되었다. 기적적인 행보였다.

그녀의 건강은 시간이 흐를수록 희망곡선을 그려나갔다. 모르면 몰라도 그것은 준석의 어탕 덕분이라고 생각할 수 있었다.

"아이그 머니나! 이게 다 뭐니?"

어느 날 그녀는 욕조 가득 물고기들이 헤엄치는 장면을 목도했다. 욕조 안이 좁다고 아우성치며 이리저리 헤엄치는 녀석이 있는가 하면, 배를 허옇게 뒤집은 놈들도 있었다. 다양한 어족들이 욕조에 반 이상이나 채워져 있었다. 비로소 구수한 냄새의 출처를 발견한 것이다. 한동안 장복해온 그 음식의 원천이 이들에서 비롯되었음을 그녀는 아프게 시인했다.

"나 안 먹어! 보고는 못 먹어!"

그녀는 경악했다. 내 목숨 살자고 애꿎은 남의 생명을

해친 것이 아니고 무엇인가. 그녀가 몸서리쳤다.

여기 있는 물고기는 먹는 게 아니라 기르기 위해 잡은 것입니다. 사주에 물이 태부족인 사람은 금붕어라도 길러야 한대요!

준석의 변명은 궁색하게 들렸다. 그는 입으로 직접 물고기를 섭취하는 것 못지않게 물고기를 눈으로 보는 효과가 크다고 설명했다. 즉 음식도 국물이 있는 음식이면 좋고, 집안에 연못을 팔 수 있으면 더좋고, 차선책으로 어항이라도 비치하는 게 좋다는 것이다, 꿈을 꾸어도 물을 보면 좋다면서, 티브이에서도 바다나 강이 나오면 싫건 봐두는 게 좋다는 얘기였다. 그녀의 와병 기간이 길어진 이유도 사주에 수기가 없어서 라고 준석은 힘주어 말했다.

욕조의 물고기는 일종의 비보 차원으로 해석할 수 있으며, 급한 김에 준석이 임시방편을 쓴 것으로 판명되었다. 그녀는 그 이후 어탕 먹기를 중지했다. 그리고 어탕, 욕조의 물고기를 잊으려고 노력했다. 그런 연후 건강에 별다른 적신호가 없는 것은 준석의 정성이 때를 잘 맞춘 것 같았다.

지하철에서 만난, 고래가 춤추는 장난감 어항에 남다른 관심을 보인 것은 그녀에게 놀랄 만한 사건이 아니다. 그

가짜 어항은 안방 티브이 바로 옆에 놓여 있다. 그녀는 수시로 그 어항을 바라보며 지난 일을 떠올린다.

준석은 결혼하여 지방으로 전근 갔으며 두 아들을 두고 있다. 그녀가 어탕을 지속적으로 탐식했더라면 준석은 직장도 결혼도 힘들지 않았을까. 아예 어부가 되었거나 원양어선 선장이 되지는 않았을까 온갖 추리가 전개된다.

그녀는 어항이 좋다. 비록 장난감이지만 그 속에는 청색 고래가 살고 있다. 바닥에 내려치면 파도를 타듯 청색 고래가 춤을 추고, 은하계의 별들이 현란한 군무를 연출한다. 설사 바닥에 내려치지 않더라도 정물처럼 한 귀퉁이에 자리 잡은 그 조그만 어항은 그녀에게 보물이다.

욕조에 가득하던 메기와 가물치 잉어에 대한 회억은 그녀의 뇌리에서 쉬이 떠나지 않을 것 같다. 티브이 옆에 장난감 어항이 남아 있는 한 아마도 그럴 것이다.

기쁨의 화신

기쁨의 화신

누렇게 잘 익은 큰 호박 한 개가 새 생활의 희망처럼 혹은 기쁨의 화신처럼 화정 아파트 거실 한 구석에 편입된 날, 경자씨는 슬며시 웃음이 났다. 그 슬며시 란 말은 어디를 보아서도 멋지게 라든지 예쁘게 란 형용사나 부사와는 쉽게 어울릴 성싶지 않은 둥글넓적한 호박의 생김새에서 기인하는 것이다. 그러니까 내놓고 '하하하'하고 호탕하게 웃을 거리는 애초 그 호박이 제공하지 않은 것이 된다.

'슬며시 웃는다'라고 하는 표현은 비웃음이냐 하면 절대 그렇지 않다고 변명 아닌 변명을 할 수 밖에 없다. 감히 호박을 두고 그 생김새가 펑퍼짐하고 우스꽝스럽다고 해서 함부로 조소를 날리거나 멋대로 평가를 하면서 비아냥거릴 수는 없는 것이다. 흔히 '뚝배기보다는 장맛'이라는 우리말의 비유법에서 그 이유를 더듬어 볼 수 있다.

뚝배기는 밋밋하고 도대체가 현대적 감각이라든가 세련된 매력은커녕, 무겁고 미끄러워 떨어뜨리면 단번에 산산조각이 난다. 주방에서 바삐 이동하거나 위치를 변경시키려 할 때에, 자칫 손에서 슬쩍 미끄러지면 내용물을 왈칵 쏟게 되는 실수를 유발하기에도 더 없이 좋은 조건을 갖고 있는 것이 뚝배기가 가진 장점이면서 단점이었다. 그러나 뚝배기의 성분이나 재질이 문제되는 일은 여태까지 한 번도 일어나지 않았다. 뚝배기에 담긴 그 내용물에 대한 맛있다는 찬사만이 두드러진 채 입에서 입으로 전해져오고 있는 실정이다. 마치 뚝배기가 못 생겨서 반대급부로 그 안에 담긴 장맛이 더 좋다는 식으로.

뚝배기의 장맛은 그 맛에 있어서 외양의 호불호를 따지고 운위할 일은 아니라는 것이 명백해진다. 장맛만 좋으면 되는 것이다. 장맛이 좋다는 것은 뚝배기의 모습이 보기 흉한 것이든 웃기게 생겨 있든 상관할 바가 아니다. 그 뚝배기를 행주나 맨 손으로 들고나는 것이 아니다. 요즘에는 손을 대지 않고 미끄러지지 않으면서 손쉽게 집어 상에 올릴 수 있도록 고안한 집게 같은 물건까지 등장했다. 뜨거운 뚝배기를 위하여 집게까지 등장한 마당에 더 이상 볼품 없이 생겨 있는 뚝배기 모양을 가지고 왈가왈부할 일은 없게 되었다.

오로지 내용물의 맛 하나 좋으면 되는 뚝배기 이야기는 호박의 예에서도 마찬가지다. 겉모습만 대강 살펴보고 괜한 시비는 하지 않아도 좋다는 뜻으로 이해할 수 있다. 하기야 세상 돌아가는 일들이 때로는 형식이나 외면보다는 실속과 잇속을 더 중시하는 풍조로 변해가는 때문일지 모른다.

경자씨는 늙은 호박 한 덩이가 대단한 복의 상징처럼 화정 아파트의 일원으로 편입된 데에 대해서 슬며시 한 번 웃는 것으로 호박에 대한 인사를 대신하였다고 보아 마땅하다 하겠다. 호박, 그 이름이 주는 어감 그대로 슬며시 웃어 준 것으로 호박에 대한 관심과 호의를 충분히 표출한 것이라고 여겨진다.

요즘 같은 극심한 불경기에는 슬며시 웃는다고 하는 사소한 형태의 표현도 다소 사치스럽고 사족 같은 느낌이 전혀 안 들 수가 없다. 호박이나 되니까 그래도 경자씨가 슬며시 웃음을 웃을 수 있었던 것이다. 그게 호박이 아니고 못 생긴 과일의 대표 격인 모과 한 덩어리라 하더라도 슬며시 라는 어휘가 적합했을지는 약간의 고민을 해 보아야 한다.

왜냐하면 모과도 호박과 동일하게 맵시라든가 멋과는 거리가 있다. 하지만 뭉툭하고 투박한 생김새와는 판이하게, 말로 형용하기 어려운 매혹적인 향기라 할까, 멀리 있어도 자꾸만 가까이 다가가게 만드는 매혹적인 모과향이 떠오른다.

그뿐이랴. 봄철 싱그런 바람 불고 하늘 쾌청한 날, 푸르른 잎새 사이에서 채리 핑크 빛, 아니 갓 시집온 새댁의 연분홍치마처럼 모과 꽃의 아련하고 사랑스러운 자태라니! 어찌 모과의 겉모습만으로 슬며시 웃고 말고 하면서 인간이 모과나무의 위신을 폄하시킬 수가 있단 말인가. 설령 오만 방자하고 경박한 인간이라 할지라도 기침이나 목감기, 해소 천식에 놀라운 효능이 있는 모과를 닮여 그 향기와 함께 음용하거늘, 모과를 향하여 슬며시고 활짝 이고 간에 웃는 일은 당치도 않다.

호박의 유용성에 있어서는 더 말할 것도 없다. 누런 황금색으로 잘 익은 늙은 호박의 쓰임새는 모과를 훨씬 앞지른다고 할 수 있다. 그 옛날 보릿고개 시절에는 구황救荒식품이었다고 전해지고 있으며, 산모의 보양식으로도 요긴하게 쓰인다. 비타민과 미네랄이 풍부하니 고혈압과 당뇨병, 중풍 예방에도 탁월한 효과가 있다고 전한다. 호박을 썰어 가을 볕에 비들비들 말려서 시루떡을 해먹는다. 호박범벅이며 호박꿀단지, 호박죽, 그뿐인가. 이파리와 씨도 먹을 수 있는 실용 작물이다. 더구나 호박씨에는 두뇌 발달에 좋은 레시틴과 필수 아미노산이 함유되어 있다고 하니 경자씨가 호박을 쳐다보며 웃는 데에는 다 이런저런 복합적인 의미가 함축되어 있다고 보아야 한다.

그녀가 호박을 향하여 슬며시 웃는 일은 이미 기정사실이 되었다. 더하여 이른 아침 일찍 잠이 깨어 거실에 나오면, 어김없이 만나게 되는 누렇게 잘 익은 호박 한 덩어리가 그녀에게 작은 위안이 되면서 건강한 미래를 약속해 준다고 믿어 의심치 않게 되었다. 그런데 언제부터인가. 호박 한 덩어리를 거실에 모셔놓고 매일 아침 웃을 수 있는 것도 어쩌면 복에 넘치는 과분한 일상사가 아닐 수 없다는 데에 그녀는 동의할 수밖에 없는 비관적인 심정이 되었다. 울퉁불퉁 제멋대로 생긴 늙은 호박의 편입으로 인한 즐거움, 즉 슬며시 란 부사를 앞세워 웃어볼 수 있는 기회 역시 그리 자주 오거나 흔한 일은 못 된다는 것을 경자씨는 근간에 아프게 깨닫게 된 것이다.

긴 겨울을 통과하면서 경자씨의 신상 주변에서 웃어 볼 일이란 눈을 씻고 보아도 찾아 볼 수 없었다. 예상하지 못한 일련의 사단 때문이다. 돌이켜 보면 그건 최근의 서너 달 동안에 국한하는 문제가 아니라 학기 초부터 내밀하게 진행되어온 문제였다. 더 거슬러 올라가보면 무엇보다도 그녀가 그 일을 획책한 것, 지긋한 연령에 굴하지 않고 박사과정에 도전하였다는 그 일의 빌미에서부터 재래의 통상적인 삶의 질서와 규범을 깬 것이라 할 수 있기는 하다. 그런 맥락에서 누렇게 잘 익은 호박의 등장이 그녀에게 여간 반가운 것이 아니었다.

V대학원으로부터 전화가 왔다. 늦더위가 기승을 부리는 초가을이었다. 오후 2시에 소논문 공개심사 발표가 있다는 소식이었다. 너무나 '갑자기'였다. 소논문을 제출하고 나서 지도교수로부터 아무런 연락도 받지 못 했을 뿐만 아니라 무려 두 달 이상이나 시간이 경과한 후였기 때문이다.

미래경영학과 박사과정 생 5명은 10호 활자로 A4 용지

70매 분량의 소논문을 작성하느라고 나름대로 심혈을 기울였고, 제출하고 나서는 그 결과를 간절히 고대하는 중이었다.

두 달여 동안이나 아무 소식이 없자 일단 학교에 연락을 해보든지, 지도교수에게 찾아 가자는 의견을 동학들 간에 서로 주고받은 적이 있다. 그러나 그건 그때뿐으로 각자 생업에 바빠 얼마 안 가 그 일을 까맣게 잊고 지내던 참이다.

경자씨는 학사지원처 직원의 전화를 받자 나는 듯이 학교로 달려갔다. 나는 듯이 라고 했지만 전철역에서 내려 택시를 잡지 못 한 그녀는 10분이나 지각하는 우를 범한 상태였다. 301호 세미나 실은 해당학과의 세 분 교수님이 이미 와 계셨고, 경자씨를 뺀 나머지 4명의 동학들이 엄숙하게 정좌하고 있었다. 그녀가 머리 숙여 예를 표하고 빈 자리를 찾아 앉자마자 오늘의 좌장인 듯한 새로 오신 C 교수님의 인사말이 흘러나왔다.

"이번 심사는 매우 공정하게 이루어졌습니다. 우리 학교 교수님들 뿐 아니라 외부 대학 교수님 두 분을 초빙하여 논문 심사를 의뢰하였고, 이제 그 심사 결과를 발표하겠습니다."

C교수님은 초면이기도 했지만 그의 우람한 풍채가 위압

130

감을 주었다. 목소리에 필요 이상으로 힘이 담뿍 실려 있었다. 그 분은 무엇보다도 공정성에 대하여 강조하는 느낌을 주었다. 일순 실내는 긴장감이 고조되었다. 볼펜 굴리는 손가락에도 뻣뻣한 기운이 가미되어 심사결과 내용을 어떻게 기록할 수 있을지 경자씨의 신체는 무호흡과 정지로 굳어지는가 싶었다.

옆에 앉은 다른 동학들, 그녀의 저 아래 동생쯤으로밖에 보이지 않는 장년 남자 4명의 표정을 살필 여유조차 없는 긴박한 상황이었다. 역사적인 소논문 검사 발표 순간이 도래한 것이다. 감개가 무량하다는 것은 이때를 두고 지칭하는 말일까? 그녀는 감개 보다는 두려움이 앞섰다.

본업이 작가인 그녀는 글쓰기 실력 즉, 문장력이나 서술력에 있어서는 누구에게도 뒤지지 않는다고 자부해 오던 터였다. 문학작품 쓰기와 학술 논문 쓰기는 감성과 이성의 차이만큼이나 차이점이 있을 것인데도 그녀는 자신감을 가졌다. 92세에도 박사학위를 받는 외국 여성의 예를 신문에서 본 것도 그 무렵이었다. 넘지 못할 장애는 없다는 것이 그녀의 신념이었다.

본 논문에 앞서 소논문의 심사 발표야말로 중요한 의미를 내포하고 있었다. 소논문에 합격해야만 본 논문을 쓸 수 있는 자격이 주어지는 것이다. 실제로 소논문에서 고배를 마시게 되는 사람들은 본 논문은 아예 쳐다 볼 생각도 하지 말아야 한다는 건 누구나 인지하고 있는 사실이었다.

경자씨는 초등학교 입학 할 때부터 대학교에 이르기까지 국가시험을 치렀으며 단 한 번도 낙오한 바가 없다. 특별히 기를 쓰지 않더라도 장학생 대열에서 물러선 적이 없으니 논문 심사에서도 무리가 없을 것으로 알았다. 공부는 경자씨에게 있어서 호기심과 도전정신이 합쳐진 무한 탐색의 세계였다.

그러나 두 눈은 핏발이 서 붉게 충혈 돼 있었고, 가슴이 두근두근, 심장은 요란한 움직임을 반복하고 있었다. 박사학위 받아서 어디다 써먹을 건데? 하면서 남몰래 10여 년을 지속해온 경자씨의 학업을 눈치 챈 측근들이 야유에 버금가는 말로 비위를 거스르던 일도 무엇 하나 기억해 낼 수 없었다.

그깟 일 기억할 가치는커녕 경자씨의 두개골은 적당히 팽창되어 어떤 말도, 얼굴의 어떤 표정도 여의하지 못했다. 그 여의하지 못한 것에 주의를 기울일 여유조차 갖지 못한 것이다. 오직 논문 심사 발표를 선언한 C교수의 입에서 무슨 말이 터져 나오는가에 경자씨와 함께 그 자리에 참석한 4명의 남자 동학들은 온 신경을 집중시킬 따름이었다.

지난 학기에 새로 부임한 C교수님이 심사위원장을 맡고 있다는 데에 대해서 다소 불안하게 작용했고, 말 그대로 일 초, 일 분이 여삼추였다. 심장에서 콩콩 울리는 미세한 소리가 그들의 초조감을 한결 가중시키고 있었다.

"어느 분이 먼저 하시겠습니까?"

C교수님이 학과장인 X교수님을 돌아보며 질문한다기보다는 권유하는 것 같은 인상을 풍겼다. 그 만큼 매도 먼저 드는 사람의 위치나 직위가 중요한 것인지, 그 매의 성격과 순서에도 등급이 있는지는 누구도 분별할 수가 없다. 먼저 매를 맞는 사람이 낫다고 하는 말처럼 심사를 받는 입장의 5명 중에서 누가 먼저 매를 맞게 될지 자못 흥미롭기도 하고 촉각이 곤두섰다. 잠시 동안 세 분 교수님들은 서로가 서로에게 고개를 좌우로 돌리며

"먼저 시작하시지요?"

의례적으로 겸양의 미덕을 보이는가 싶을 때 경자씨는 순간 딱! 하고 한 대 얻어맞는 광경을 목격하고야 말았다. 그것이 경자씨 본인이 아닌 것이 조금도 고무적인 것이 되지 않을 만큼 큰 충격이었다. 본론을 터뜨리기 전에 충격

예방 조치로 우회적인 방법을 사용한다든가, 같은 단어를 말하더라도 좀 더 억양을 부드럽게 할 수 있지 않을까 하는 그녀의 온건한 사고는 매우 고전적인 발상에 속한다. 한 마디로 어안이 벙벙했다. C교수의 말이 이어지고 있는데도 경자씨는 귀가 먹통이라도 된 듯, 더는 알아들을 수가 없었다.

"실례지만 이 논문은 논문이 아닙니다. 근본적으로 논리 구성이 안 되어 있어요."

그것은 어떤 한 부분에 대해 지적을 하는 것이 아니라 아예 전면 부정이었다. 이런 평가에서는 간이 유난히 작은 사람들, 쉽게 말해서 놀라는 빈도나 그 심각성에 있어서 인생 나이테와 관련성이 있는 것이라면 경자씨는 단연 그 순번에 있어 그 자리에서 첫 번째라 할 수 있다.

나이는 단순히 숫자에 불과하다고 했지만 닥쳐보면 그게 그렇지 않다. 내심으로는 더 너그럽게, 더 초연하게 라고, 일이나 사람들을 대할 때마다 자기 자신에게 집요하게 주문하는 항목이면서도 그녀는 지금 그러하지 못하고 있다.

간 떨어지는 소리가 와장창, 들려온다고 할지라도 교수와 학생 모두 합쳐 8명 중에서 오로지 단 한 명의 여성인 경자씨가 화들짝 놀라서는 외딴 섬에 성난 파도 밀어닥치

듯 한달음에 무너져 버릴 게 뻔했다.

"논리 전개가 전혀 현실감이 안 나요. 전후 연결도 안 되는 순 엉터리 논문입니다."

L동학의 논문에 대한 평가였다. 인신공격의 차원까지는 아니었지만 당사자가 아니어도 '엉터리'라는 단어와, 게다가 거기에 '순'이란 뒷말을 강조하는 단서가 붙어 상당한 불쾌감을 주었다. 기본이 안 돼 있다는 말과 무엇이 다른가. L동학은 즉각 반론을 제기하였다. 세 분 교수님들은 일치단결하여 그의 반론을 한 칼로 무찔렀다. 말허리를 무참하게 끊으면서 일체 받아들이지 않았다. 학생 된 자의 구구한 변명이나 항변은 누추함과 용렬함을 추가할 뿐 아무런 도움이 되지 못했다.

"제가 볼 때 제목을 잘못 정하신 것 같거든요. 제목 자체가 허술하기 짝이 없어요. 논문 전체 내용은 그런대로 괜찮다고 보는데 제목과 논문 내용이 일치하지 않는 면이 있어요. 제목을 다시 한 번 재고해 보시기 바랍니다."

말을 딱 끊는 것이 아니라 일말의 여운을 남기는 걸로 미루어보면 한 가닥 가능성이 슬쩍 비치기도 했다. M동학의 논문 평이었다. 그렇다면 M동학의 논문이 중간은 간다는 이야기인가.

"지리멸렬하게 나열만 하고 있어요. 핵심 주제가 뭔지 나타나 있지 않습니다. 남의 논문 끌어다 인용만 했지 본인의 주장은 안 보입니다."

마이크를 옮겨 받은 다른 교수의 심사 발표라고 해서 안심할 일은 발생하지 않았다. 오히려 그 언사에 있어서 더욱 가혹한 점이 있었다. 동학들과 경자씨의 절실하다 못해 선량한 기대는 깡그리 부서지고 있었다. 그 부서진 기대 한 조각이라도 건질 수 있으면 그나마 다행이었다.

"설마 발로 쓰신 건 아니죠? 이걸 논문이라고 쓰셨나요?"

이럴 수도 있는 일인가! 같은 말이라도 이건 좀 심한데, 라고 경자씨가 속으로 중얼거렸다. 그리고 최소한의 예의나 체면도, 인정사정도 없는 데에 대해서 분노했다. 지적받은 T동학의 얼굴이 땀으로 범벅 되었는지, 홍당무가 되었는지는 살펴 볼 겨를이 없다. 고작 10 센티미터 간격의 거리를 두고 있었으므로 T동학의 씨근대는 거친 숨소리와 어른답지 않게 두 다리를 덜덜 떠는 기척은 금세 알아차릴 수가 있었다. 그는 안절부절이었다.

간결하나 신랄한 심사 결과 내용 가운데서 몇 마디 말은 사람의 심장을 북북 긁어대고 벌건 핏자국과 생채기를 남겨놓기에 족한, 일반 상식의 선에서는 소화하기 어려운 용

136

어들이 난무하고 있다고 여겨졌다. 이런 느낌들은 그 자리에 앉아 있는 학생들의 연령대가 교수님들 보다 높은 이유만은 아니었다. 그들이 현재 가지고 있는 찬란한 직업이 작용해서도 아니다. 찬란한 직업이라고 했으되 어찌 보면 나이 진득하게 먹고 대학원의 박사과정을 공부한다고 해서 그 장소에 앉아 있는 5명의 삶과 직업이 유복하고 찬란하다고는 볼 수는 없다. 그 반대였다. 적당한 일자리를 구하지 못해 어쩔 수 없이 학업을 택한, 소위 항간에서 말하는 삼포나 오포 계층도 포함되어 있는 것이다.

과거에 어떤 직업에 종사했건, 현재 그들이 무엇을 하고 있든, 그것은 논문 심사와는 하등 연관시킬 일은 아니다. 그들 모두 목적이 있어 막대한 자금과 세월을 투자하여 대학원에 발을 들여놓은 이상, 일반대학의 학부생들과는 다르게 그 자존심에 있어서는 하늘을 찌를 만 하다고 할 수 있다.

심사 발표는 2명을 남겨두고 10분 동안의 휴식시간이 주어졌다. 세분 교수님들은 각자 연구실로 돌아갔으며, 남자 동학 3명은 차를 마시러 자판기가 있는 복도로, 또 한 사람은 담배를 피우기 위해 나무 그늘을 찾아 건물 아래로 내려가는 중이다.

빈방에 홀로 남은 사람은 경자씨뿐이었다. 노트북을 열고 자신의 소논문 파일을 들추어 보는 동안 휴식을 위해 주어진 10분은 한 시간이나 되는 것처럼 지루했다. 논문을 계획하고 진행하는 과정에서 수백 번 열어보고 고쳐 쓰고 하느라 신물이 날만도 하다. 10분 동안 살펴보면서 지루하다는 느낌만으로는 턱없이 부족한 것이다. 차라리 끔찍하다고 해야 옳다.

경자씨는 꿈속에서도 자주 논문을 붙들고 씨름하기 일쑤였다. 책상 앞에서 밤잠 안 자고 교정 보고, 보완을 반복하는 장면이 자주 나타나곤 했다. 선배와 선학들의 저서 또는 논문을 분석하고 참고하는 일도 만만치 않았다. 다 써놓고 돌아서면 다시 고칠 게 발견되고, 고쳐놓고 봐도 시원치 않고, 나중엔 그 말이 그 말 같고 끝도 없이 혼돈스러웠다.

하단에 주석 다는 일도 골치가 꽉꽉 쑤셨다. 전공과목이 특수하다 보니 세상에 태어나 처음 보게 되는 이상하게 생긴 한자를 찾기 위해, 잘 아는 한문 전공 교수님에게 전화로 글자 모양을 설명하면서 물어보거나, 옥편과 중국어사전 신화사전을 다 찾아보아도 그 글자가 나타나지 않았다. 그 글자 하나를 찾기 위해 별다른 진전 없이 덧없이 밤을 맞게 되었을 때는 혈관의 피가 바삭바삭 타들어갔다. 자고 일어나면 머리칼이 하얗게 쇠어졌다. 건드리지 않아도 뭉텅뭉텅 머리칼이 빠졌다.

엄청난 고역이었다. 흔히 하는 말로 석사 논문은 머리에서 쥐가 나고, 박사 논문을 전신에서 쥐가 난다고 했다. 논문 쓰다가 건강을 망친 사람, 심지어는 정신이 돌아버린 사람, 자살한 사람도 있다는 말을 듣기도 하고, 실제로 보기도 했다. 박사 논문은 통과되어도 허무요, 통과 못 되어도 허무라는 말까지 강의실 주변에 파다하게 떠돌았다. 또한 내노라 하는 유명 인사들이 논문 심사 과정에서 아니꼽고 치사함을 참지 못하고 학위를 포기한 사례가 많다는 소문도 돌았다.

경자씨는 타고난 취미가 하고 많은 종류 중에서 하필 학업, 공부라는 것이 되었는지 새삼 개탄스럽기까지 하였다. 석사 과정에서는 학업이 늘 새롭고 생기를 안겨주는 일이더니, 박사과정은 독하지 않으면 견뎌내기 힘든 일대 형벌과도 같았다. 제아무리 책 좋아하고 쓰고 읽는 일에 연단이 되었어도 논문을 작업하는 과정에서 그녀는 범상하지 않은 자신의 팔자타령을 종종 뱉어내곤 했다.

"가망성이 없겠는걸."

"너무 심한 것 아닌가."

"말을 함부로 하네. 내가 교수 지들 보다 나이가 10여세나 더 많단 말이야. 공직생활도 오래 했고 누가 뭐래도 인생은 내가 선배야! 수틀리면 마, 때리치았뿌릴란다. 박사학위 따서 논을 살 낀가, 팔자를 고칠 낀가, 이놈아들 말하는 게 고마 분통 터지네!"

일찍 아내를 사별한 그가 어렵게 구한 직장도 그만두고 비관의 나날을 보내다가 겨우 붙잡은 게 학문의 길, 박사 공부였다고 고백하던 T동학이었다.

자판기 커피 한 잔이 부글부글 끓는 그의 마음을 진정시키지 못한 것인가. 목 디스크에 당뇨를 앓고 있다는 T동학은 두 팔을 위로 올렸다 내렸다 반복한다, 주먹을 불끈 쥐었다 폈다가 하며 격앙된 목소리로 불만을 토해냈다. 그는 박사학위 논문을 쓰기 위해 수년 여에 걸쳐서 자료를 수집하고, 지극히 난해한 중국고서들을 두루 섭렵한 다음, 번역작업에 들어갔노라고 다른 동학들과 후배들 앞에서 자랑처럼 말해왔다. 누가 뭐라 해도 본인은 기필코 이번 학기 내에 통과할 것이라고 호언장담했다.

"이 정도 수모는 아무 것도 아니에요. 설사 잘 썼어도 잘 썼다고 안 하지요. 우리 이론에 동조해주고 칭찬해 줄 것 같아요? 교수님들도 이럴 때 가오(얼굴)잡는 거니 우리가 조심하고 참아야 합니다. 대개 5대 3, 7대 4 비율이라 하거든요. 일단 논문 통과가 목표이니 화내시는 건 보류하십시다."

S동학이었다. 현재 박사과정에서 과대표로서 인간관리라든지 처세술에서 특별한 실력을 발휘하고 있는 S였다. 그는 지방의 모 대학 사회교육원에서 10년 째 동양학 강의를 하고 있다고 했다.

경자씨와 함께 남은 사람은 바로 다름 아닌 S동학이었으므로 그녀는 은근히 기대를 걸었다. 깨져도 5명이 한꺼번에 깨지는 일은 없을 것, 더구나 S는 사십 중반으로 나이도 젊은 편이다. 적극적으로 자기 홍보를 게을리 하지 않는 친학교파라고 할까. 입학과 동시에 학교에 적지 않은 금액을 발전기금으로 내 진즉에 길을 잘 닦아놓았다고 하였다.

S동학은 방학 기간에도 특강을 개설하여 후배들에게 무료 강의를 하는 등, 총장님을 비롯하여 교수와 교직원 사이에서 인기가 있다고 볼 수 있었다. 그러므로 소논문 심사결과 발표에서 S동학과 경자씨 이렇게 두 사람이 남은 데 대하여 긍정적인 시각으로 바라보는 것은 너무나 당연했다.

창밖으로 초가을의 따가운 햇살이 은행나무 잎을 무섭

게 쪼고 있는 정경이 보였다. 뜨겁고 강렬한 그 무엇이 경자씨의 심장 부위를 강타하고 있는 것만 같았다. 긴장감은 여전히 301호실에 감돌았다

"여러분께서 다들 노력하셨고, 가능하다면 좋은 평을 해드리고 싶은데, 이번 소논문 심사를 하는 과정에서 사실 저희 교수진에서도 실망이 크다고 볼 수 있습니다."

남에게 싫은 소리 할 줄 모르고 원만하게 학생들을 대한다는 B교수가 무겁게 운을 떼었다. 말의 서두가 그리 명쾌하거나 시원스럽지 못하여 경자씨는 가슴을 졸였다.

"석사 논문을 그대로 베껴 쓰시면 어떻게 합니까? 성의가 너무 없으신 건지, 바빠서서 그런 건지...."

B교수는 말끝을 맺지 못한다.

"후유-"

경자씨는 자신도 모르게 한숨이 터져 나왔다. 자신의 논문이 아니라는 데 대한 안도의 한숨이었다.

"석사 논문과 박사 논문은 엄연히 구분 지으셔야죠. 개선하거나 보충도 하지 않고 참고문헌만 늘려서 그대로 제출하는 게 말이나 됩니까?"

평소의 친분이고 홍보가 무슨 소용이랴. S의 얼굴은 좀 전의 T동학 보다 더 심하게 일그러지고 있었다. 그의 널찍

한 이마에서 식은땀이 가닥을 지으며 흘러내렸다. 무더운 날씨와는 무관하게 몸 내부에서 솟구치는 열기를 주체하지 못하는 게 확연했다.

"처음부터 다시 시작하시는 게 어떨지요? 외부 심사위원들이 이 논문 심사 못 하시겠다고 말씀하셨습니다. 저의 심사발표는 이상입니다."

순간 찬 물을 끼얹은 듯 301호실에는 적막이 감돌았다. 피아간에 격렬한 전투를 벌이다가 홀연히 공격을 멈춘, 혈전의 한 가운데 들어앉은 것처럼 숨 막히는 고요가 흘렀다.

"제가 볼 때는 이 논문이 여기 계신 다섯 분 중에서 가장 논문에 가깝다는 생각이 듭니다. 이 정도 수준이라면 한국학술진흥회나 어디 다른 대학 학회에 제출해도 받아 주리라고 봅니다."

심사위원장을 맡고 있는 C교수의 평이었다. 혹 잘못 들은 건 아닌가. 경자씨가 눈을 크게 뜨고 자세를 고쳐 앉았다.

"흠이라면 학술용어로 바꾸는 문제입니다. 내용은 우수한데 논리적인 체계가 약하다고 봅니다. 그리고 이 논문은 아주 재미있습니다. 이건 칭찬도 되고 흠도 되는데 혹 글

쓰시는 분 맞습니까?"

C교수의 지적이었다. 경자씨는 의자를 박차고 일어나서 환호성이라도 지르고 싶었다.

와아! 나야, 내 논문이야! 라고 외치고 싶었다. C교수의 평가에서는 그녀가 오랫동안 글 써온 게 득으로 나타난 것이다. 그 뒤늦은 글쓰기가 밥벌이의 수단은 되지 못하였지만, 논문에 있어서는 단연 두각을 나타낸 거라고 믿고 싶었다. 그녀의 마음은 단숨에 근처의 숲과 나무와 흰 구름을 넘어 나비처럼 훨훨 날아올랐다. 하늘나라에서 그녀의 아버지가 굽어보시는 듯 했다. 우리 딸이 장하구나, 라고 하시면서 열아홉 살 경자씨가 처음 S대에 합격했을 때처럼, 남주동 골목을 누비며 딸의 한참 늦은 박사과정에 대하여 응원을 해주시는 것만 같았다.

경자씨를 마지막으로 소논문 심사 결과 발표는 막을 내렸다. 두 사람 정도, 즉 M동학과 경자씨 논문은 조금만 더 수정하면 통과 가능성이 있다고 믿어 볼 수가 있었다.

저녁 해가 301호실의 직사각형 칠판 위에 비스듬히 누워 하루가 저물고 있음을 예고해 주었다. 수년에 걸쳐서 함께 공부해온 동학들은 서로 인사조차 나누지 않은 채 각자 책가방을 들고 재빠르게 계단을 밟았다. 경자씨는 주섬 주섬 노트북을 가방에 챙겨 넣고 일층으로 내려갔다. 여덟 개의 눈동자가 한 계단 한 계단 내려오는 경자씨를 째려보았다. 그 눈빛에 살기마저 감도는 듯했다.

"얼마를 갖다 준 거지? 대체 얼마야?"

"설마, 나는 그리 안 보았는데."

"만약에 내 논문이 통과 안 되면 학교를 들었다 놓던지 가만있지 않을 거야. 매스컴에다 다 불 거라고."

"아, 그거야 교수님들 심사평에 그대로 따라야죠. 잘 썼으니 칭찬을 듣는 거지 거기에 토를 달면 안돼요. 인정할 건 해야지."

M동학이 참다 못 해 한 마디 했다. 그동안 쌓아온 동학으로서의 의리나 우정은 흔적도 없이 증발한 것이다. 그녀는 종종 걸음으로 언덕을 내려갔다. 그날따라 언덕길의 경사는 고꾸라질 듯 위태롭기만 했다.

가을이 깊어갔다. 소슬바람 불고 달빛이 유난히 밝은 날, 아파트 화단 풀 섶에서 귀뚜라미가 울었다. 깊은 가을이 물러가면 동장군이 쳐들어 올 조짐이었다. 귀뚜라미가 가을밤을 얼마간 울고 나서야 겨울이 뚜벅뚜벅 경자씨의 일상으로 다가왔다. 그 사이 아파트 단지 입구의 단풍나무

잎 새가 사나운 비바람에도 떨어지지 않으려고 어떻게 몸부림을 쳤는지, 때 이른 첫 눈이 멋 부리듯 화정아파트의 빈 뜰에 한나절이나 휘날렸는지, 경자씨는 아무 것도 인지하지 못했다. 컴퓨터 앞에서 숱한 밤을 새웠다. 아침 먹고 앉으면 어느덧 다음 날의 먼동이 텄고, 밤인지 낮인지 구분도 안 되는 시간의 강물을 거슬러 온 것이다.

본 논문 예비 심사 날짜가 임박해 있었지만 경자씨는 별 염려를 하지 않았다. 소논문의 연장선상에서 본 논문을 작성, 소논문과 본 논문의 주제를 통일시켰다. 그 편이 새로운 주제를 설정하기보다 진행 면에서 수월했다. 논문이 거의 반 이상 진척을 보였을 때 경자씨는 지도교수를 찾아갔다. 반 이상이 아니라 마지막에 영문 초록과 참고문헌을 써 넣으면 논문 과업을 마치는 단계였다. 지도교수가 수정을 요구해 와도 충분히 보완할 시간도 충분히 계산하고서였다.

'똑! 똑!'

출입구에 '재실'이란 표시이므로 조용히 기다렸다. 지도교수의 방에서는 답이 없다. 경자씨는 하는 수 없이 문을 밀고 들어섰다. 지도교수님은 무엇인가를 쓰고 있다가 고개만 조금 들고 앉은 자세로 그녀를 쳐다보았다. 지도교수의 얼굴은 침통해 보였다. 그녀는 자리에 앉지도 못하고 엉거주춤 서 있다.

"마음을 비우세요. 박사학위논문 그렇게 쉽게 통과하는 것 아니에요. 봐 주는 것 없습니다."

지도교수가 울화를 터뜨리듯이 내뱉은 단 세 마디의 말이었다. 경자씨는 말뜻을 얼른 파악할 수 없었다. 단지 그 어투에서 선전포고와도 같은 섬뜩한 느낌은 감지할 수 있었다.

"저는 지금 교수님에게 잘 봐달라고 부탁하러 온 게 아닙니다. 열심히 노력하여 논문 썼습니다. 읽고 어디를 어떻게 고쳐야 하는지 교수님의 지도를 받으러 왔습니다. 왜 들춰보지도 않고 무조건 원론적인 말씀만 하십니까?"

지도교수는 경자씨의 말에 대꾸가 없다. 지도교수의 묵묵부답이 한동안 지속되었다. 논문 쓰기보다 더 참기 어려운 고통이었다. 아니 모욕이었다.

"읽어는 보셔야지요." 경자씨가 애원했다. 그에 대한 어떤 말도 들을 수 없었다. 경자씨는 지도교수 방을 나와서 중앙도서관 방향으로 올라갔다. 소논문 심사위원장을 맡았던 C교수의 연구실은 도서관 옆에 작고 아담한 방이었다.

"저의 경우는 이 논문에 가장 높은 점수를 주고 싶어요. 하지만 지도교수님이… 제가 심사위원장이지만 저는 힘이 없습니다. 논문 통과는 전적으로 지도교수님에게 달렸다고 봐야죠."

경자씨는 오지항아리에 대고 식칼을 슥~슥, 문지른다. 칼날이 제법 말을 잘 들었다. 거실 바닥에 신문지를 펼쳐 놓고 호박을 쪼갤 준비를 서둘렀다. 호박죽이나 쑤어 먹고 마음을 달래자는 의도였다. 그동안 논문에 몰두하느라 위장은 말할 수 없는 곤욕을 치른 것이나 다름없다. 거의 식사 때를 놓치거나 빵 한 조각을 식사대용으로 씹으며 책과 문서에 뒤덮여 워드작업에 올인 했던 것이다.

이제 아침저녁 누렇게 잘 익은 호박이나 바라보며 넉넉하게 웃음을 웃을 때가 아니었다. 생각하면 생각할수록 가슴이 찢어지는 통증이 따랐다. 어떤 일도 손에 걸리지 않고 잠도 못 잤다. 밤중에도 몇 번씩 거실에 나와 공연히 왔다 갔다 하면서 새벽을 맞곤 했다. 외출은커녕 죽은 듯이 몇 날 며칠 이불속에서 나오지 않았다.

그 날카로워진 칼을 들이대자 호박은 여러 개의 조각으로 나뉘어졌다. 경자씨는 호박 조각을 랩에 싸서 냉동실에 넣은 후 호박씨는 건조시켰다. 하루가 지나자 호박씨는 손톱으로 까먹기 좋게 수분이 말라갔다.

거실에서 호박이 사라진 날 그녀는 울적했다. 그냥 놔두고 날마다 슬며시 웃으면서 더 두고 볼 것을. 공연히 죄 없는 호박을 잡은 것 같았다. 호박 한 개에 들어 있는 호박씨의 숫자는 감히 헤아릴 수 없이 많았다. 그걸 봄에 밭에 뿌리게 되면 수백 통의 호박이 열릴 게 아닌가. 수백 통의 호박이 새로 태어나는 건 그렇다 쳐도 호박을 거실 한 구석에 그대로 두고 더 바라보아야 했다. 들녘 외진 데서 저 혼자 잘 크고 누렇게 익어, 기쁨의 화신처럼 다가와 웃음을 선사했던 그 호박을 덥석 잘라 조각을 내다니, 그녀는 후회막급이었다. 제대로 평가받지 못하고 문전박대를 당한 그녀의 논문처럼 안쓰러웠다. 열과 성을 다 받쳐 매진했던 날들이 아쉽기 이를 데 없었다. 머리칼을 쥐어뜯으며 울부짖었다. 급기야 그녀는 병이 났고 병원에서 약을 타와 시름시름 잠을 잤다. 그 약은 몸을 움직이지 않고서도, 낮밤없이 줄곧 잠을 퍼 잘 수 있는 신통한 성분을 가진 것들이 대부분이었다.

그녀는 그린 듯이 앉아 호박씨를 깠다.

마음이 적적하거나 울분이 치솟을 때는 종일 호박씨를

까는 것이다. 한 개 두 개 호박씨를 까는 일에 재미를 붙였다. 호박씨를 세워서 입에 넣고 어금니로 뾰족한 앞부분을 살짝 누르면, 손톱 들어갈 틈이 생기면서 비트는 대로 녹색을 띤 호박씨의 알몸이 들어난다.

호박씨를 까먹기 시작하면서 그녀의 일상은 깊은 우울을 걷어내고 차츰 평정을 유지하는 듯했다. 호박씨를 까먹으며 아예 끼니를 놓았다. 오른 쪽 엄지손톱이 갈라지기를 몇 번, 그러나 그녀는 호박씨 까는 동작을 멈추지 않았다. 그녀의 삼매지경이 논문에서 호박씨로 이전한 감이 들 정도였다.

호박은 분해되어 사라지고 없지만 호박씨는 소일거리이면서 최상의 놀이기구였다. 방향감각을 잃은 경자씨가 하는 수 없이 그 업무를 선택한 것으로 헤아려야 한다. 그녀가 큰 컵에 가득 채워진 호박씨를 다 까먹을 무렵에는 새봄이 와 있을 것이다. 하릴 없이 호박씨를 까먹는 여인이 경자씨였고, 그녀가 근간에 재미를 새롭게 들인 것이라곤 호박씨 까는 일이 전부였다.

"이렇게 추운 날 웬일이세요?"

M동학을 만난 경자씨는 깜짝 놀랐다. 턱수염도 깎지 않아

M동학은 자살특공대의 일원으로 편입한 염세주의자 형상이었다. M동학의 변한 모습에 경자씨는 말문이 막혔다.

"시절 인연이 닿지 않아 그리 되었다고 느긋하게 생각하세요. 한 학기 늦춘다고 큰일 날 것도 아닌데."

예의 호박씨 까먹는 일로 겨우 일과를 지탱해가는 자신의 일을 잊은 채 M동학을 위로했다. M동학이나 경자씨 두 사람 모두 소논문 심사에서 비교적 양호한 평을 들었던 게 아닌가. 그런데 두 사람 공히 탈락의 고배를 마신 것이 기이했다.

"실력이 없어서 탈락된 거라면 수긍을 하지만 이건 아니라는 겁니다. 인사에 능란한 것은 처음부터 알았지만 그렇게 숨어서 호박씨 까는 사람인 줄 몰랐거든요."

그의 격앙된 목소리가 인사동의 '제비가 몰고 온 황금박씨' 골목을 울렸다.

"호박씨라고요? 누가 호박씨를 깠는데요?"

"죽을 고생해서 힘들여 써간 논문 읽어보지도 않는 지도교수 보셨어요? 그 분 처사를 어떻게 이해하죠?"

그들의 대화에서 호박씨가 살짝 비켜갔다.

"저는 논문을 한 단락씩 나누어서 학기 초에 메일로 보냈는데 그걸 심사할 때까지 읽지도 않고 있다가 심사 당일

트집을 잡더라고요."

"왜 읽지 않았느냐고 질문했나요?"

"그걸 지도교수가 꼭 읽어야 되는 의무규정이 있느냐고 반문하던걸요."

들을수록 첩첩산골, 봄이 왔어도 얼음이 녹지 않는 빙하 지역이었다. 경자씨의 뒷골이 멍하면서 아득히 어지러웠 다. 이번에 본 논문을 통과했다는 사람들이 호박씨를 깐다 는 이야기와, 의무규정을 거론했다는 대목이 그녀의 어지 러움을 부추겼다.

"전 그 분들이 뒷구멍으로 호박씨 까는 건 정말 몰랐다 니까요. 제가 바보 같아서 더 견딜 수가 없는 겁니다."

경자씨는 노상 호박씨를 까느라 갈라진 자신의 엄지손 톱을 내려다보았다.

"호박씨 얘기 그만 하세요. 사람들은 누구나 호박씨를 깔 수 있다고요."

M동학의 와이프가 회사에서 급료를 가불하여 마지막 등록금을 결제했다는 말을 전에 들은 일이 있다. 그의 안 색에서 비감과 울화가 느껴졌다.

"어떻게든 다시 해보셔야지요."

"네. 선생님도 힘내세요!"

경자씨는 M동학과 헤어져 지하철에 올랐다. 지하철에 오르자 주체할 수 없이 눈물이 솟구쳤다. 사람들을 피해 구석자리로 가서 창밖을 바라보았다. 긴 병고를 떨치고 일어나 제2의 삶을 얻게 된 그녀가 어렵게 학문의 길로 들어선 것은 실수였나. 인간의 삶 속에서 믿어볼 것이란 종교도 아니고, 돈도 아니고, 학문의 세계뿐이라는 그녀의 믿음은 어디서부터 빗나간 것인가.

집에 돌아온 경자씨는 냉장고 문을 활짝 열었다. 그녀는 호박씨가 가득 담겨진 컵을 꺼내 들고 밖으로 뛰쳐나갔다. 화단 가운데로 휙! 호박씨 컵을 날렸다. 수십 수백의 호박씨가 쌩한 밤바람을 타고 먼 곳으로 뿔뿔이 흩어져 갔다. 그날 이후 그녀가 호박씨를 까는 것을 본 사람은 아무도 없다.

끝없는 여정

끝없는 여정

호순은 충무로역에서 4호선으로 환승, H대역에서 내렸다. 긴 계단을 올라와 녹색 시내버스로 갈아탄다. 만해 심우장에서 내려 길을 건너 성북동 언덕으로 올라간다. 가파른 언덕을 이십 여분 이상 숨 가쁘게 올라가면 그 길의 정상에 이십대 장년의 기상을 떠올리게 하는 D대학원대학교의 건물이 나타난다.

택시 타고 올라가는 시간과 걷는데 소비되는 시간은 거의 맞먹는다. 호순은 몸이 아픈 경우가 아니면 굳이 택시를 타지 않는다. 택시를 타는 대신 힘은 좀 들더라도 걸어서 성북동 언덕배기를 오른다.

주택가 양 옆으로 크고 작은 차들이 도로를 무단 점령하고 있다. 그만큼 좁아진 차도에서 올라가고 내려오는 차들이 한참씩 꼼짝 못할 때, 그 사이를 비집고 호순은 언덕 끝 지점을 향해 기술적으로 걸어가야 한다.

그녀가 차를 피해 눈치껏 걸으면서 사람이 사는 집이 이처럼 호사스러울 수 있다는 것에 대해 깜짝 놀라는 일이 종종 있다. 좌우 양쪽으로 늘어선 고급과 우아를 훨씬 뛰어넘어 위압감을 주는 대형주택들을 둘러보는 재미를 적잖이 누린다.

육중한 철제 대문이 집 내부를 전혀 들여다 볼 수 없도록 안과 밖을 굳게 차단하고 있다. 그러나 올라갈수록 일부러 보려고 해서가 아니라도 큰 집들의 내부가 곧잘 내려다 보였다.

제일 먼저 눈에 들어오는 것은 정원이었다. 고운 빗살로 빗어 내린 듯, 푸른 잎 새를 늘어뜨린 대형 화분 행렬들과, 비단결처럼 부드러운 잔디밭, 감나무 같은 유실수며 라일락, 목련나무 단풍나무 배롱나무 등이 집 건물을 배경으로 조화롭게 어우러진 모습을 바라보는 일은 호순에게 즐거움이었다.

그것들은 안정감 있고 여유로웠다. 평화이며 질서였다. 복잡한 세상사와는 먼 이야기가 그곳에서 아지랑이 피어나듯 피어나고 있는 것이다. 잠시잠깐 들여다 본 것뿐이면서 호순은 그 평화와 질서이며, 안정감과 여유에 담뿍 취한 기분이 들었다. 집안 내부는 어떠할까 하고 상상해 보는 것도 호순에게는 미지의 세계에 대한 호기심이었다.

대지가 평균 300평 이상 되는 규모에 망루같이 보이는 옥탑방의 운치도 나름대로 살려놓은 구조였다. 집 주인의 취향과 안목에 따라서 오밀조밀, 집 안과 밖을 살뜰하고 조화롭게 꾸며놓은 집들도 있었다.

'집과 여자는 가꿀 탓'이라는 옛 어른들의 말이 실감났다. 학위논문도 보고 또 보면서 전폭적으로 정성과 관심을 기울이는 일이 중요하다. 정원의 조경이라는 측면과, 건물 전체의 인테리어와 내부 장식에 있어 돈이나 듬뿍 쏟아 붓고, 해외에서 수입해온 비싼 가구를 진열 하는 식의 현대적 졸부 개념은 아닌 것 같았다. 집을 건축하고 실용과 멋을 곁들여 격조 있게 치장하기 위해서는 가외의 비용을 추가하지 않을 수는 없다. 문제는 같은 비용을 지불하고서도 훨씬 뛰어난 효과를 기대할 수 있다는 것이다. 성북동 언덕의 집들은 경제력과 문화감각의 측면에서 비교적 균

등한 수치를 보여주고 있는 것 같았다. 마치 그녀의 학위 논문이 일정한 수준을 보이는 듯, 성북동 주택에서 그녀는 막연하지만 일말의 희망을 그려본다.

시야에 들어오는 그대로 집들을 관찰하면서 언덕 중간 쯤에 이르면 전봇대가 나타난다. 이어서 D대학원대학교의 푸른 표지판이 우뚝 다가선다. 그곳에 호순의 꿈이 자라고 있는 것이다. 호순은 학교를 상징하는 정문이 언제 나타날 것인가 하고 가슴 졸이면서 허위허위 오르던 몇 년 전의 기억이 새롭다.

호순을 비롯한 C와 P 세 사람은 의기투합하여 서울 시내에서 한참이나 떨어진, 학교를 생소한 학과에 홀려 물어물어 찾아왔던 것이다.

"종교를 왜 학문으로 배워? 그걸로 박사학위를 딴다는 건 좀 그렇지 않나. 우리가 뭐 공부해서 교수할 군번도 아닌데 말이야?"

대학 졸업 후 도미하여 30여 년 간 미국에서 살다 어머니 병환 때문에 수년을 한국에 머물고 있는 재미교포 C의 말이었다.

"기왕 뒤늦게 공부하는 건데 좀 참신할 걸로 해보자고"

대기업 입사 초기부터 월급 전액을 부동산에 투자하여

부동산 가치의 상승으로 현재 준 재벌급에 들만큼 재테크에 성공한 P의 말이었다.

"가게 되면 우리 셋이 한꺼번에 가자!"

그들 셋은 이를테면 한 골목에서 태어나 자란 죽마고우처럼, 잘못된 정부시책에 반대표를 던지고 결사 항쟁하는 시민연대 대원처럼, 총알이 비 오듯 쏟아지는 격전의 현장에서 목숨을 나눈 전우처럼, 대학원 석사과정에서 만나 똘똘 뭉쳐 다녔던 우정, 그 이상의 동지 같은 사이였다.

기왕 비교종교학 공부를 하기로 했으면 한 길을 파고 들어야 한다는 게 고집불통 호순의 주장이었지만, 그것이 강력한 남성 동학들의 의견에 제동을 걸만한 이유는 못되었다. 굳이 가던 길을 변경하는데 대한 이유를 들자면 종횡무진 뻗치는 호순의 괴벽 같은 지적호기심, 새로운 것에 대한 무한한 동경과 탐구심 같은 것이라고 말할 수 있을 것이다.

겨울의 끝자락에 그들 셋은 돈암동 태극당에서 만나 성북동 골짜기를 올라갔고, D대학원대학교로 진학 코스는 급회전했다. 태극당이야말로 그들에게는 추억의 샘터나 다름없는 장소였다. 태극당의 단팥빵이라든가 소보로빵의 맛이 수십 년 동안 한결같은 맛을 유지 하듯, 그들의 우정 역시 탄탄대로였다.

그들 세 사람은 입학지원서가 들어 있는 큰 봉투를 하나씩 떨쳐들고서 성북동 언덕길을 내려와, 뒷골목 포장마차에 들러 매운 닭갈비를 안주로 막걸리를 마셨다. 세 동학의 꿈은 그때 이미 하늘 높은 곳에 붕붕 떠올랐다고 해야 옳다. 우정을 위하여 였는지, 박사학위를 위하여 였는지, 지금 제대로 파악되지 않고 있다. 다만 그날 오후 세 사람 모두 들떠 있었고, 연원을 알 수 없는 의욕과 포부로 가슴속이 뜨겁게 타올랐다는 것밖에는 달리 회상의 소재거리가 없다.

면담시험이라는 과정에서 그들은 첫 번째 난관에 봉착할 수밖에 없는 사연이 발생했다, 지극히 형식적이면서도 수험생들을 곤욕스럽게 하는, 애매모호한 질문이었다. 예상외로 석 박사 과정 지원자가 많아 즐거운 비명을 지를 수밖에 없는, 고의로 탈락시키기 위한 시험문제 ,면대면의 면담시험이란 것 때문이었다. 결과적으로 호순 한 사람을 제외한 두 동학은 불합격의 고배를 마신 바 되어, 우울한 사건이 돼 버렸다. 누구보다 그 학교를 선호했고 강한 의지로 지목했던 그들이었음에도.

호순은 물론이거니와 다른 동학들도 그 학교가 성북동의 험준까지는 아니더라도, 골짜기가 끝나는 지점에 무슨 요새처럼 우뚝 자리 잡고 있다는 사실을 알고 있던 사람은 없었다. 더구나 비교종교학과 비슷하다고 볼 수도, 안 볼 수도 없는 미래경영학과가 무엇을 연구하는 학과인지 고민해 볼 사이도 없이 우르르 달려와 시험을 치렀다. 곧 그것이 불합격의 고배로 이어질 거라는 것조차도 C와 P 그 외 다른 누구도 알지 못했다. 일반대학의 학과와는 차별이 된다는 것, 특색 있고 참신하다는 것, 그래서 선택했다는, 등이 그들의 결심을 설명할 수 있는 내용의 전부였다.

　석사 과정에서 공부한 것과 과목 명칭이 비슷하거나 거의 같은 계통의 학과는 아니라고 할 수 있다. 그러므로 학과 선택에 신중을 기하지 못한 불찰은 세 사람 모두에게 있었다. 학과선택을 쉽게 한 것과는 반대로, 질문의 강도에 있어서는 전혀 상상해 볼 수 없는, 완전 생경하고 기발한 내용이었다. 그 점에 있어서는 합격자인 호순도 아연실색하지 않을 수 없다. 호순은 어떻게 세 사람 중 자신만이 합격의 영광을 안게 되었는지도 유추해낼 수가 없다. 그날의 시험문제라는 것이 시험관의 질문에 몇 마디 답변을 하는 것으로 합격 불합격이 결정되는 단순한 것이 아니었다는 답이 적합하다. 질문 요지는 각자 달랐지만 말이다.

그 방면에서 밥을 벌어먹고, 그 일에 종사해온 사람이면 모를까 복희씨의 팔괘 작역 의도, 생래적 우환의식, 또는 삼양삼음三陽三陰과, 괄낭무구括囊无咎의 의미는 그들 세 사람에게 불리한 주제였다. 염정廉貞이니 무곡武曲, 그리고 격국이니 용신 따위의 어휘에 대해서도 단편적 지식조차 아예 없었다. 묻는 방법이나 형식에서도 그 적확한 의도를 헤아리기 어려웠다. 게다가 그들 세 사람 중 누구도 석사과정의 학위논문을 쓸 때, 자료, 이를테면 다른 사람의 논문이나 저서를 섭렵, 검토하는 과정에서 그와 비슷한 논제와 단어 한 마디도 새겨들은 일은 전무했다. 합격자인 호순에게 있어서도 매우 생소하고 생뚱맞은 문제였다. 여하튼 그들 세 동학들은 처음부터 시험에 임하는 자세가 소홀하거나 미흡했다고 결론을 내릴 수밖에 없다. 그 날 그들에게 출제된 내용, 즉 시험문제는 아닌 밤에 홍두깨였으니까. 그렇다면 그들에게 있어 학위논문도, 아닌 밤의 홍두깨가 아니었을까. 홍두깨여서 시련이 깊을 수도 있을 것.

한 겨울 날씨가 영하 10도 안팎을 웃도는 날씨에 이른 아침부터 시작된 면담시험은 오후 3시가 지나도 별다른 속도를 보이지 않았다. 대기실로 지정된 303호 강의실에는 스팀이 제대로 가동되지 않았다. 의자에 앉지도 못하고 선 채로 기다리는 수험생들이 줄잡아 30여 명은 돼 보였다. 세상을 살만큼 살다가 청년 시절에 다하지 못한 학문의 꿈을 이루려는 학구파를 비롯, 직장에서 은퇴한 후 평소부터 소원해온 공부에 전념하고자 하는, 인생 이모작으로 박사학위라는 학문의 고지에 도전하려는 학업에 대한 열정과 의지가 팽배해 보이는 사람들이 대부분이었다.

그날 회사에 일이 있어 늦게 학교에 도착한 P는 면담시험의 마지막 순번이었다. 그 역시 면담실에 들어가서 30분 이상 나오지 않았다. 30분 동안 그가 치룬 고역은 후일담으로 들을 수 있었다.

면담을 오전에 끝낸 호순과 C, 그리고 가장 늦게 면담시험을 치룬 P, 세 사람 모두 황당하고 난감한 상태였다. 한마디로 진땀나고 버거운 시험이었다.

"뭐가 그렇게 길었어?"

호순이 P에게 물었다. P는 대답대신 고개를 들어 창 밖 먼 곳에 눈을 떨구었다. 그 눈길에 무엇인가 석연치 않은 조짐이 드러나 보였다.

그들은 짧은 겨울 해가 다 지고 어슬어슬한 저녁 무렵에 성북동 언덕을 내려왔다. 세 사람은 포장마차에 들러볼 엄두도 내지 못하고 각자 집으로 돌아갔다.

호순을 제외한 두 사람, P는 본래의 자리 즉, 사업으로 돌아갔고, C는 한국을 떠나 미국으로 복귀했다. 얼마의 시간이 지난 후에 들려온 소식에 의하면 C는 미국에서 박사과정에 도전, 사회복지학을 전공, 학위논문을 준비하고 있다고 하였다.

호순은 학교에 가면 아는 사람이라고는 입학원서 내러 갈 때 학사지원처에서 만난 여직원뿐이었다. 그 겨울 몹시 추운 날 면담시험장에서 대면한 교수님들은 거리감이 느껴졌다. 교수와 학생이라는 신분은 인생경륜과 나이가 누가 더 많고 작고에 상관없이, 일종의 범접할 수 없는 권위와 위계질서에 다름 아니었다.

호순은 학기 중간에 수시로 제출하는 리포트는 말할 것도 없고, 전공과목시험, 외국어시험, 종합시험, 소논문심사 등 박사과정의 모든 절차를 충실하게 수행해 나갔다. 특별히 어렵다고 할 것도, 쉽다고 할 것도 없이 전 과정을 비교적 순조롭게 통과하고 나자 졸업논문 심사가 시작되었다.

호순에게 있어 박사논문 쓰기는 거의 각고刻苦, 신고辛苦에 해당한다고 회고할 수 있다. 허구로 쓰여 지는 소설에 비하면 그것은 소설에 비할 바 없이 더욱 혹독한 피 말리는 시간에 해당했다. 국립중앙도서관으로, 국회도서관으로 달려가 관련된 저서나 선학들의 논문 자료들을 선별해서 수십 건씩 복사하는 일은 신체적인 수고 외에 그다지 힘이 들지 않았다. 그 보다는 매일 반복해서 워드 작업을 하는 동안 호순은 위장병과 불면증을 호소하기에 이르렀다. 장시간 전자파에 노출된 까닭일까. 머리칼도 왕창 빠졌다. 봄이 오는지, 무슨 꽃이 피어나는지, 여름 바다가 얼마나 환상적인지, 단풍이 어떻게 아름답게 물드는지, 함박눈이 퍼붓고 사나운 바람이 불어도 호순은 계절을 감지하지 못했다. 완전 몰입이었다.

호순은 완성된 논문 초고를 들고 지도교수 연구실로 갔다. 기대가 남달랐다. 벅찬 감회로 가슴이 뛰었다.

예정된 장애였을까. 악의적 방해일까. 어떤 형태의 것이든 호순으로서는 이해 불가능한 세계였다. 그것이야말로 거대한 암초였다.

"이호순 선생님은 왜 G교수 논문을 선호하십니까? 이유를 설명해 줄 수 있습니까?"

지도교수는 맨 뒤의 참고문헌에서 G교수의 논문과 저서를 발견한 듯했다. G교수는 동양학 계통의 학문 세계에서 진즉부터 정평이 나있는 S대학의 교수였다. 그의 연구 논문은 이름 있는 학술지에 자주 등재되었다.

"제가 볼 때 논문을 전개시켜 나가는 데 있어서 G교수 님의 자료는 상당히 유용하고 도움이 많이 되었습니다."

호순의 답변은 진실이었다. G교수의 저서나 논문은 호순이 주장하는 논지와 맥을 같이 하고 있을 뿐만 아니라, 다른 여타 논문과 저서를 앞지르는 감이 뚜렷하게 포착되고 있었다.

"G교수의 논문은 인용하시지 말고 제쳐 놓는 게 나을 것 같고요. 일단 이호순 선생님 논문심사는 내년 학기로 보류해 두겠습니다."

지도교수는 단도직입으로 비이성적인 결론을 내렸다.

인용하지 말고 제쳐놓으라면 그에 상응한 이유가 나와야 하는 게 아니냐. 대체 지도교수는 G교수의 논문을 읽어나 보고 그런 결정을 내린 것일까. 그리고 왜 논문심사가 내년 학기야? 내가 뭐 이팔청춘이냐?

호순의 의문점은 점점 증대해 나갔다. 반론을 제기하고 싶어 복사해온 논문을 지도교수 눈앞에 펼쳐 놓았다.

"이 논문, 수개월 동안 밤을 새워 힘들게 썼거든요. 이거 쓰는 동안 눈에 모세혈관이 수시로 터져서 고생 많이 했어요. 내년으로 미루고 말고는 일단 읽어 보시고 어느 부분이 미비한지, 보완할 곳이 있는지 그 때 구체적으로 말씀해 주셨으면 합니다."

호순도 만만치 않았다. 박사논문 써서 교수님이 되어 강단에 설 연대도 아니니 차라리 당당할 수 있다. 지도교수가 이호순을 경쟁상대로 보기는 힘들 것이다. 경쟁이라니 원하지도 않는다. 호순의 꽃다운 20대에는 대학교수라는 직업을 수많은 직업군에서 제일로 여기던 순진무구한 시절도 없지는 않다. 사람을 가르친다는 직업은 하늘이 내린 위대한 소명이고 명예이며, 가장 존경받는 직업 중 으뜸이라는 사고를 간직한 적도 분명 있기는 하다.

호순이 젊고 패기 충만하던 시절, 수많은 날들을 병원 침대에서 보내고 겨우 몸을 추스르고서야 스스로 모든 면에서 부족하다는 것에 동의하기에 이르렀다. 그렇듯 늦공부에 발동이 걸린바 되어 어려운 학문을 선택한 동기라면 동기였다. 왜 G교수의 저서와 논문을 참고하지 말고 제쳐놓으라 하는가. 게다가 논문심사를 내년 학기로 미루라니 이게 도시 말이 되는 소리야?

호순은 의자에 앉지도 못하고 엉거주춤 서 있다. 눈앞에 의자가 있지만 방주인이 앉으라고 해야 앉을 것 아닌가.

사십 중반쯤 되었을까, 형제 많은 호순 네 집안의 막내 동생 쯤 밖에 안돼 보이는 지도교수의 언행이 밥을 급히 먹다 생선가시가 기도에 걸리듯, 호순의 심상에 딱 걸렸다. 불편했다. 빼어내려 해도 한 번 박힌 가시는 잘 빠지지 않았다.

지도교수는 담배를 피워 물고 창문 쪽을 향하여 푸~ 하고 연기를 날려 보냈다.

"입학 초기부터 두문불출하고 논문에 올 인 했습니다. 읽어는 주셔야 되는 거 아닙니까?"

지도교수의 연구실엔 지도교수가 뿜어내는 담배연기만 허공에 동그라미를 그리며 유연하게 회전운동을 하고 있다. 한 동안 침묵이 흐른다. 무거운 공기가 연구실을 가득 채운다.

"그러면 이제라도 저에게 필요한 논문을 추천 좀 해주세요. 교수님이 선정해 주시면 수정할 때 참고하겠습니다."

호순이 어렵게 건의했다. 지도교수는 호순의 논문 작업에 단 한 건의 자료를 추천해주거나, 본인이 저작한 논문을 보여준 일이 없다. 호순이 강의 중 또는 연구실에 찾아가서 간청하였으나 지도교수는 묵살했다. 한 마디로 비정했다. 논문이나 참고서적에 관한 한 지도교수의 말을 빌리자면 그런 일들은 순전히 학생 소관이라는 궤변이 전부였다.

지도교수의 눈길은 여전히 창 밖 먼 데를 향하고 있다. 그의 입은 담배 연기를 뿜어낼 때를 제외하고는 굳게 다문 상태였다. 그의 손가락에서 담배 길이가 조금씩 줄어들고 있었다.

호순은 몸을 좌우로 비틀었다. 양 팔을 뒤로 돌려 굳은 어깨를 활짝 펴는 시늉을 했다. 이마에서 진땀이 배어나온다. 입안의 침이 바삭바삭 말라갔다. 심장은 쿵 쿵 쿵, 둔중한 소리를 내고 있었다.

"도서관에 잠시 다녀오겠습니다. 그동안이라도 제 논문을 앞부분만이라도, 아니 제목과 목차라도 읽어 주십시오!"

지도교수는 묵묵부답이다.

중앙도서관으로 오르는 호순의 발걸음은 휘청거렸다. 도서관에 들어온 호순은 먼저 빈자리부터 찾았다. 창가 쪽이거나 구석의 한적한 자리는 호순이 늘 앉았던 자리였다. 그곳은 이미 다른 사람들이 차지하고 있었다.

"선생님께서 부탁하신 자료 다 찾아놨습니다!"

도서관 직원이 호순에게 말했다.

호순은 한국 고전소설과 ≪서화담 문집≫ 〈金學主, 『徐花潭文集』, 明文堂, 2003, 19p 참조.〉에서 주역周易에 관련된 자료를 이메일로 보내 도서관 직원에게 인쇄를 부탁해 두었다. 서화담은 그의 어머니 한韓씨가 공자묘에 들어가는 꿈을 꾸고 나서 서화담(본명 서경덕)을 잉태, 이조 성종 때 태어난 그는 두뇌가 총명하고 행실이 단정하였다. 그는 개성 문밖 화담花潭에 물러나 살면서 학문과 우주의 원리를 궁리하는데 전념하여 세상 사람들은 그를 '화담선생'이라고 불렀다고 했다. 호순은 주역의 괘 효사의 내용이 서화담의 경우, 시어로 혹은 시의 소재로 활용된 점에 흥미를 느꼈다.

"더 필요한 자료가 생각나시면 언제라도 말씀해 주십시오. 선생님께서 직접 찾으시기 보다는 저희들이 좀 더 빠를 수도 있으니까요."

"네. 감사합니다."

호순은 공연히 목이 멨다. 그녀는 도서관 직원이 건네준 자료 봉투를 가슴에 보듬어 안고 중앙도서관을 나왔다.

내년이라고? 내년에는 해가 서쪽에서 뜬다는 거야? 뭐야? 올해 안에 해보는 데까지 해보다가 정 안되면 내년으로 미루는 거지, 무턱대고 내년이라니 대체 어디에 근거하고 그딴 소리를 하는 거지?

호순은 지도교수 연구실로 내려가며 후! 하고 큰 숨을 내쉬었다. 아랫배에 힘을 주고 입술을 꽉 깨물었다.

172

"똑 똑 똑."

아무런 기척이 없다. 호순은 자료봉투를 오른팔에서 왼팔로 옮겨 안았다. 오른 손으로 지도교수의 연구실 문을 열었다. 지도교수가 석상처럼 거기 앉아 있었다. 지도교수는 고개를 들지 않았다. 침묵이 다시 찾아왔다.

연구실 안으로 발을 들여놓았다. 지도교수 책상 앞으로 조심스럽게 나아갔다.

"이 자료, 도서관에서 찾아 준 건데요. 교수님이 한 번 봐 주세요."

지도교수의 책상에는 호순이 놓고 간 논문이 펼쳐진 채 그대로 놓여있었다.

"저는『주역』[1] 괘 효사의 교육적 요소에 착안했고요, 중국의 문학비평서 ≪문심조룡≫ 원도原道, 징성徵聖, 종경宗經[2]편에서 주역의 위상과 교화, 그리고 문학성을 주목했습

---

1 『周易』: 중국 周나라 때 만들어진 것으로 易, 易經이라고도 한다. 우주변화의 원리와 인간사의 이치를 설명한 책으로 중국 철학의 진수라고 전한다.

2 유협(劉勰 465~521),『文心雕龍』,沿邊人民出版社, 2007.『문심조룡』은 중국 문학비평사에서 첫 번째 장편거작으로 제1장 원도 제2장 징성 제3장 종경 등 도합 50장, 3만 7천여 자에 달한다.淸代 이래 중국 문학비평의 경전으로 평가받고 있다. 저자 유협의 문학관은 儒家를 위주로 하면서 道家와 佛家를 겸하여 용납, 인물과 작품에 대한 평가와 견해가 깊고 예리하며 풍격이 강인하고 시의가 아주 풍부하다.

니다, 문학의 기능 중에서 효용성이라고 할 때, 주역에서 말하는 교육, 교화라는 개념과 일맥상통할 뿐만 아니라, 주역을 교육사상이라는 측면에서 논리를 정립시키는데 ….”

지도교수는 미동도 하지 않는다. 책 페이지를 넘기거나 컴 자판을 두드리는 것도 아니었다. 순간 숨 막히는 긴장 감이 호순을 에워쌌다. 혼자 부르고 쓰는 꼴이다. 능멸이 었다. 수년에 걸쳐 퍼부은 학문에 대한 물적, 심적 투자와 기대, 열망이 물거품이 되는 순간이었다.

“교수님! 저에게 이러시는 거 혹 직무유기에 해당하는 것 아닙니까?”

절규에 가까운 공격적 발언이 터져 나왔으나 지도교수 는 눈도 깜짝하지 않았다. 호순은 지도교수의 연구실을 나 왔다. 총장님을 만나보기로 작정했다.

총장실의 비서가 호순을 총장실로 안내했다.

“아, 그러지 않아도 지금 막 이호순 선생의 지도교수님 으로부터 전화가 와서 대강 전해 들었습니다. 이호순 선생 이 논문심사를 1년 늦춰서 받겠다 했다면서요? 왜 그러셨 죠? 소설 창작은 좀 미뤄두시더라도 젊은 분도 아니고, 공 부하는 김에 논문을 쓰셔야지 이 시점에서 중단하게 되면

174

다시 마음을 내시기가 그리 쉽지가 않으실 텐데요."

총장이 직원을 불러 차를 내오도록 분부했다.

"저는 결코 다음 해에 논문심사를 받겠다고 말한 적 없습니다. 다른 일 다 제쳐놓고, 학위논문은 제가 입학 초기부터 각종 자료를 수집, 준비해 왔습니다."

호순은 무엇부터 말해야 할지 가슴이 답답했다.

"그러시겠지요. 지도교수님하고 잘 의논을 해보세요. 제가 총장이라고 지도교수에게 이래라 저래라 어떻게 해볼 수 있는 게 아닙니다."

"내년이라도 좋고, 후년이라도 못 참을 게 없습니다. 제가 말씀드리고자 하는 것은 일단 써간 논문을 읽어 보고 나서 내년이든 후년이든 결정을 내리는 게 순서가 아닌가 하는 점입니다. 잘 쓴 논문인지 아닌지, 보완해야 할 부분이 있다면 무엇을 어떻게 손 봐야 하는지, 그 정도는 지도교수가 말해주는 게 도리 아니겠습니까? 이유라도 알아야 하는 것 아닙니까?"

"참, 어처구니가 없군! 학생은 하겠다는데……쯧쯧쯧"

총장이 혼잣소리처럼 짧게 탄식했다. 호순은 그 소리를 듣자 비서가 내온 차를 마시지도 않고 총장실을 뛰쳐나왔다. 무슨 말이든 더 할 수가 없다. 암담했다.

늦가을 햇볕이 따가웠다. 성북동 언덕길은 지도교수님 연구실에서처럼 기묘한 정적이 감돌았다. 씽씽 내달리는 승용차들도 별로 보이지 않았다. 호순은 집까지 어떻게 돌아왔는지 아무 것도 기억할 수 없다. 호순은 다음 날 배낭을 꾸려 하동으로 떠났다.

"학교에서 전화가 왔어요! 연락 받으셨는지요? 기왕이면 학교에 갈 때 저랑 같이 가시지요. 지도교수 변경 건도 의논할 겸."

M동학도 호순과 마찬가지로 지도교수의 능동적인 저지로 논문심사가 무기한 연기된 상태라고 했다. 호순은 그러나 서울에 올라갈 생각이 없다.

통화를 마치자 호순은 하던 일을 계속했다. 텃밭에서 따온 들깻잎을 소금에 재우는 일이었다. 가을이 깊어져 서리 맞고 밭에서 누렇게 시들고 있는 들깻잎을 소금에 재워 꼭꼭 눌러 담았다. 이른 봄에 갖은 양념에 무쳐먹으면 별미다. 들깻잎 뿐 아니라 콩잎도 같은 방법으로 저장할 수 있다. 토란대는 껍질을 벗겨 슬쩍 데친 후, 가을볕에 말렸다가 육개장 끓일 때 넣으면 씹히는 맛이 그만이다. 너른 마당에 몇 그루나 있는 감나무에서 느닷없이 대봉감이 땅바닥에 툭! 하고 떨어지면 그걸 주어다 식초 담그는 일, 새벽에 눈뜨면 뒤란에 뒹구는 알밤 주어다 모으는 일 등, 겨우살이 준비가 나름대로 재미있다. 환경과 시기에 따라 호순의 일상은 자연스럽게 길들여져 갔다.

소소한 일들이 일단락되자 곧 겨울이었다. 호순은 군불을 넉넉히 지피고 온돌방에 앉아 책을 읽었다. 온 종일 눈이 퍼붓는 날은 어린 시절의 고향집을 떠올렸다. 이른 새벽 전등 불 밑에서 바느질 하시던 어머니 모습이며, 형제들과 온 동네를 돌며 눈사람을 만들던 일을 회상했다.

어언 봄이 왔고 높은 산에서 눈 녹은 물이 마을 앞개울로 흘러들었다. 양지바른 곳에서 냉이와 씀바귀가 싹트고, 산과 들에는 진달래 개나리며, 매화꽃이 흐드러지게 피어났다. 차츰 여름 절기로 이동했다. 비가 자주 내렸다. 장마였다.

비 오는 날은 인근 사찰의 스님들이 보내준 차를 덯여 마시면서 서울서 내려올 때 가지고 온 노트북을 펼치고 논문을 수정했다. 때로는 소설도 썼다. 문장이 술술 풀리지 않는 날은 하동 읍내로 산보 겸, 생활용품을 사러 나갔다.

하동 생활 3년이 지날 무렵이었다.

"잘 지내십니까?"

M동학이었다. 그는 우여곡절을 겪느라고 2년 늦게 학위 논문을 통과 했다고 전했다. 모르면 몰라도 그는 아내의 일 년 치 봉급을 가불하여 학위심사 비용으로 사용했을 가능성이 농후하다. 그의 아내는 M동학의 일이라면 어떤 어려운 요구도 다 들어주는 현대엔 찾아보기 힘든 현처였다고 들었다. 그는 ○○방송국에서 인체의 신비한 능력 즉 자연치유 능력에 대해서 강의하고 있다고 근황을 말했다.

호순의 눈은 노트북의 자판에 머물러 있다. 자신이 처리해야 하는 일의 과중함으로 기진맥진이었다. 그녀는 '내일 세계의 종말이 오더라도 사과나무를 심겠다'는 각오와 결심으로 무장한 것 같다. 그렇다고 하더라도 논문 작업은 호순에게 몹시 버거운 일이다. 호순은 통화 중에 전화가 들어와 M동학의 전화를 중단하고 다른 전화를 받았다.

"학위 논문 그거 해서 뭐해? 돈이 돼? 명예가 돼?"

의사 남편을 만나 평생 삶의 풍요를 구가하는 호순의 어릴 적 친구였다.

"내가 할 수 있는 게 그것밖에 없고 공부가 좋아서 하는 것뿐이야."

"소설이나 쓰지."

"논문도 나에게는 한 편의 작품이야! 소설만 작품인가 뭐."

호순은 담담하다. 통화 중에 전화 오는 소리가 또 들려왔다.

"엄마에게 좋은 기회가 오고 있어. 이럴 때 엄마가 빛나게 되는 거야. 지도교수 변경은 잘 생각했어. 늦었지만 엄마가 쓴 논문으로 그 학교 위상을 높여야 해!"

민주玟珠의 밝은 목소리다.

"꿈보다 해몽이냐?"

호순은 한 손으로 전화 받으며 눈으로는 자판을 보고 있다. 밤이 되기 전에 제6장 결론 부분을 보충하고 그런 다음 참고문헌을 써넣으면 일단은 한숨 돌릴 수가 있다.

전화가 많이 걸려온 그날 저녁 호순은 서울 집으로 돌아가기 위해 짐을 챙겼다.

호순은 몇 해 전 겨울을 떠올린다. 밤을 꼬박 새우며 논문에 전력투구했던 했던 일. 새벽에 컴퓨터 앞에 앉으면 밤이 되고, 밤에 앉으면 새벽이 되었던 일, 감기조차 걸릴 시간이 없던 고달픈 나날이었다.

사람의 일이란 하늘 외에는 아무도 모르는 것인가. 한참 세월이 흐른 뒤 생각하면 그때서야 겨우 일의 흐름이 왜 그렇게 어그러져 버렸는지, 어그러져 버린 것이 결코 나쁜 일만은 아니라는 사실도 알 것 같았다. 이런 것을 일러 혹은 시중時中[3]이라 하는가. 아니라면 인연법칙? 민주는 지레 짐작이라도 한 것일까.

집에 돌아온 호순은 학교에서 새로 선정해준 지도교수가 꼼꼼히 체크해준 항목을 중심으로 다시 수정, 보완해 나갔다. 그녀에게 학문의 길은 지팡이 짚고 올라가다 잠시 쉬고, 다시 힘을 얻어 걸어가는 식의 끝없는 여정처럼 보였다. 그러나 그녀는 주저앉지 않았다. 조금만 더 달리면 목적지에 도달할 것이었다.

학교 도서관에 부탁하면 필요한 자료를 즉시 얻을 수도 있었다. 궁금한 사항은 지도교수에게 메일로 문의했다. 요령 있고 자상한 답 메일을 받을 때마다 호순은 감격했다. 논문은 거의 말미를 향해 힘차게 나아가고 있었다.

전화가 울렸다. 호순은 거실로 달려가 전화를 받는다.

"나 한국에 왔어! 논문! 어떻게 됐지?"

C였다. 어머니 생신이라 며칠 전 귀국했다고 했다. 그 역시 호순의 논문이 궁금했던가. 그가 앞장서서 호순과 P

---

3 유교儒敎 중용中庸의 핵심사상으로 때에 맞게 지혜롭게 살아가라는 뜻.

를 부추겨 그 학교로 달려간 게 아니었던가.

"논문 이번엔 통과하는 거 맞지? 한국에 온 김에 한 턱 거하게 쏠 테니까 그리 알아. P에게도 성북동으로 나오라고 했어!"

늦장마가 걷히고 구름 한 점 없이 맑은 날이다. 철 이른 코스모스가 피어날 듯 바람결도 상쾌했다.

호순은 H대역에서 내려 계단을 올라갔다. 왜 성북동에서 만나자고 했을까. 그건 누구의 제안인가. C인가 P인가. 호순은 발걸음을 재촉했다.

악양 호박

악양 호박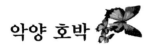

중국 드라마의 원조 《황제의 딸》은 경자씨를 깊은 수렁에서 구원해 주었다. 천군만마의 지원군이 된지 오래다. 자미공주紫薇公主의 낭낭한 노래 소리를 회상하며 경자씨는 인간의 행복과 그 기준을 생각한다.

드라마가 시작될 때 흘러나오는 주제가의 흥겨운 음률과 노랫말은 또 얼마나 낭만적인가.

♪꿈에서 그대의 속삭임을 들었네. 나만을 사랑하는 그대
꿈에서 그대 눈물을 보았네. 나로 인해 방황하는 그대
그대의 한 마디 한 마디 영원한 사랑을 속삭였지

천지가 막막하여도 그대는 영원한 나의 빛
산이 끝나고 하늘과 땅이 합해도 그대는 영원한 쉼터 ♪

이처럼 진솔한 사랑의 고백을 들어본 일 있던가. 그대 한 사람 있어 세계는 기적이 생기고 늘 찬란한 추억이 아니던가.

경자씨의 겨울나기는 중국 젊은이들의 사랑과 우정 꿈 의리 패기 무공 정열 모험 용기 기백 낭만 호방함 등을 한꺼번에 볼 수 있는 ≪황제의 딸≫로 하여 숨통이 트인 감이 없지 않다. 광대무변한 중국 대륙을 무대로 펼쳐지는 건륭 황제의 숨겨진 딸 자미의 공주 되기 과정은 제비로 인한 돌발 사건이 연속적으로 터지므로 재미를 극대화 시킨다.

≪황제의 딸≫은 중국의 선남선녀가 총출연한 듯 출연진이 화려하다. 그들의 조리정연하고 정의감 넘치는 대사, 솔직하고 참신한 애정묘사 등, 흐뭇한 유머를 품고 있으면서도 순정, 담백하다. 황제에서 노비에 이르기까지 그 말과 행동에 있어서 각기 품격, 교양, 개성미가 뛰어나 ≪황제의 딸≫을 보며 그녀는 가슴 아픈 논문이야기를 잊었다.

어려서 자미와 의형제를 맺고 함께 자란 제비를 논하자면 먼저 극성맞은 제비, 못 말리는 제비, 호기심 많은 제비, 사랑스런 제비, 용감한 제비, 신명 넘치는 제비, 자신을 맘껏 발휘할 줄 아는 제비, 착한 천성을 타고난 제비를 연상하게 된다. 만 가지 재능을 타고난 제비를 보고 있노라면 그녀는 '하하하'하고 유쾌하게 폭소를 터뜨릴 수밖에 없다. 제비의 큰 눈동자는 총기와 재치가 번뜩인다. 때로는 무지, 아둔, 어리석기도 한 제비. 쾌활, 진지, 열정, 단순, 고집, 명랑, 발랄, 인정, 활달, 등등의 단어를 총동원해도 제비의 성정을 모두 설명하기에는 부족한 감이 있다.

청나라 건륭황제 당시 뿐 아니라 중국의 역사, 문화, 정서, 풍속, 황궁과 귀족사회, 일반 백성과 하층민의 삶을 대변하는 드라마라고나 할까. 특히 사랑의 미학을 완성시킨 자미의 연인 이강의 역할은 지구상의 모든 젊은이들의 존경과 흠모의 대상이 아닐 수 없다.

황후의 모략과 계책에 의하여 자미가 독침으로 상처입고 물고문으로 거의 죽게 되었을 때 '산이 끝나고 천지가 합할 때 그대를 떠나리라' 하면서 시경詩經의 시를 인용하여 이강은 자미와 맺은 사랑의 맹서를 굳게 지킨다. 자미를 향한 어전 시위 이강의 사랑은 지고지순의 표본이 아니고 무엇일까.

골 풀 우거지고 맑은 내가 펼쳐진 풍광이 수려한 곳으로

마차타고 달리는 멋진 젊은이들, 생기발랄, 의기충천, 우정과 사랑의 꽃동산이 아닌가. 황궁을 탈출하여 운남 지방으로 도망가며 겪는 이일 저 일들. 한 살 때 부모의 죽음으로 이름도 모르고 부모도 모른 채 온갖 고난을 겪으며 들풀처럼 성장한 제비. 황제가 사냥하는 날 오 왕자가 쏜 화살에 맞음으로 본의 아니게 황제의 딸(자미)로 인정받게 되어 황궁에서 살게 되지만, 궁 안의 법도와 예절을 몰라 황후와 태후마마로부터 미움과 구박을 받아온 제비. 매사에 제비의 과도한 관심과 참견으로 더 소란스러워지고 문제가 연속 발생한다. 그런 제비를 나무라고 책임을 묻기 전에 젊은 그들은 합심 단결하여 제비를 도와주는 모범을 보여준다.

닭싸움 현장에 뛰어들어 싸움을 제일 잘하는 닭을 안고 오는 제비, 골치 아픈 황궁을 탈출하다가 맨 먼저 한헌기 社翰軒棋社라는 곳에 들어가 내기 바둑에 지는 제비. 황궁에서 챙겨가지고 나온 귀중품을 모두 잃고 악독한 주인내외에게 매를 맞으며 험한 일을 해야 했던 제비, 어린 소녀의 묘기를 관람하다가 실수한 그 소녀의 가짜 아비에게 가진 돈을 전부 털어 소녀의 몸값을 치러주고 묘기의 주인공, 보아를 데리고 가는 그들. 도망가는 사람들로서는 상상할 수 없는 따뜻한 온정을 베풀어 가슴을 찡하게 하기도 한다. 감 밭에서 감을 따다가 감 주인에게 들켜서 감도 다 버리고 사냥개에게 쫓겨 달아나는 제비와 오 왕자, 그 일 행들에게 벌어지는 안타깝고 눈물겨운 사건들을 어찌 다 열거할 수 있을까.

황후가 비밀스럽게 내시 파랑을 시켜 무림 고수인 고원 과 고달 등과 함께 제비, 자미, 오 왕자, 이강, 금쇄, 또 한 사람 제비의 친 오라버니인 소검을 제거하려고 덮쳤을 때, 자미는 마차에서 굴러 떨어져 눈을 멀게 된다. 금쇄는 다 리를 다치고, 이강은 가슴에 칼을 맞는 등, 생사가 엇갈리 는 와중에서도 우정과 사랑, 절개와 지조를 지키는 중국 젊은이들에게 그녀는 신뢰의 박수와 아낌없는 찬탄과 응 원을 보내며 즐겁게 지내기를 두 달여. 경자씨의 일상에는 한 가닥 희망이 있는 것같이 보였다. ≪황제의 딸≫ 때문 이었다. 더 집약해서 말한다면 제비 덕이었을까. 제비라 는 한 낭자에게만 그 공덕을 돌리기에는 뭔가 아쉬움이 남 는다. 제비를 둘러싼 다른 등장인물들의 면모도 간과할 수 가 없다. 건륭황제의 진짜공주인 자미, 황제의 젊은 날 제 남에서 맺은 우하와의 짧은 인연에 의해 태어난 평민공주 자미의 품성과 소양 역시 천방지축 일을 벌이는 제비와는 대조적이면서 상당한 흡인력을 지닌다.

그녀는 매일 밤 4회 연속 방영되는 ≪황제의 딸≫을 보며 학위논문 탈락으로 인하여 파생된 슬픔과 낙심을 희석시켰다. 평소에 드라마 한 편 보기는커녕 연속극에 무심했던 삶의 내용에 획기적인 변화가 일어난 것이다.

≪황제의 딸≫은 그 어떤 드라마 보다, 아니 다른 어떤 사물보다 더 그녀의 애정과 흥미를 끌었다. 죽고 못 사는 정인처럼 하루라도 못 보면 일과진행에 장애가 올만큼 흠뻑 빠져들었다. 그 드라마를 집필한 경요에게 매일 밤 감사의 마음을 표현했다. 모든 배우들도 자신의 역할에서 각자 빛을 발하고 있고, 그들의 언어와 행동 하나하나가 버릴 것 하나 없는 몽땅 진귀한 보옥이었다. '너무 잘 썼어. 정말 끝내준다. 나도 저런 작품을 꼭 쓸 거야' 그녀는 홀로 기함을 토했다.

그녀는 반가운 사람을 애타게 기다리듯, 겨울 밤 열한시가 되기를 졸린 눈을 비비며 참아야 했다. ≪황제의 딸≫을 볼 수 있어 다행이었다. 박사학위논문이 통과 안 된 것, 허리뼈에 부착한 금속기둥이 내려앉을 정도로 미련하게 몰입했으며, 두 눈의 모세혈관이 몇 차례나 터지면서도 논문쓰기에 심혈을 기울였던 가슴 쓰라린 기억이 점차 소멸되어갔다.

제비가 춤을 추면 자리를 떨치고 일어나 춤을 추었고, 자미가 금琴을 켜며 노래를 부르면 그 청순가련한 목소리를 따라 노래 불렀다. 그녀의 내부에서 기쁨의 강물이 소용돌이쳤고, 드라마 작가와 출연진에서 출발하여 동아시아의 강대국, 중국이란 이웃 나라에 새삼스럽게 호감이 만발했다. 일찍이 없던 일, 예상하지 못한 일이었다. 한 편의 드라마 작품은 가히 혁명적인 반향을 불러일으키면서 중국에 대한 인지도를 증대시켰다. 누구라도 ≪황제의 딸≫속으로 폭 빠지게 되면 그 심정을 가히 이해할 수 있게 된다.

겨울 깊은 밤에 선녀 같은 두 자매, 환주공주 제비와 명주공주 자미를 보고 있으면 경자씨는 제비의 어떤 취향, 자미의 어떤 면모가 자신과 매우 닮아 있는 것 같아 때로는 제비가, 때로는 자미가 되는 착각에 빠지기도 하였다.

그 즈음 그녀가 웃어볼 수 있는 일이란 오직 ≪황제의 딸≫ 뿐이었고, 시간은 빠르게 흘러갔다. 전 생애를 통틀어서 드라마를 본 건 거짓말 보태지 않고 겨우 0 편에 그쳤다고 할 수 있다. 드라마 뿐 아니라 방송 매체는 전혀 활용하지 않고 사는 편이었다. 점점 장사판으로, 막장으로 변질되는 마구잡이식 소란스러움이 싫었고, TV 에 열중할 수 있을 만큼 그녀의 마음에 여유가 없었다는 말이 맞을 것이다. 어떤 이들은 연속극을 보는 게 사는 낙이라고 말했지만 그녀가 단 한 장면도 놓치고 싶지 않지 않은 드라마는 오직 ≪황제의 딸≫ 뿐이었다.

경자씨는 길을 가다가도 제비와 자미를 생각하면 절로 미소가 지어지곤 한다. 그들을 연모하는 오 왕자와 이강에 대해서도 인간에 대한 깊은 신뢰감이 전신을 포근하게 감싸옴을 체감했다.

건륭황제는 몸에서 향기가 진동하는 위구르 여인 향비를 범하려고 수차례 시도하지만 야욕을 이루지 못한다. 도리어 향비가 휘두른 칼에 상처를 입는다. 스물다섯 명의 비빈과, 숱한 왕자와 공주를 거느린 황제라는 인물의 남성적인 속성을 적나라하게 간파할 수 있었다. 황제라는 최고의 권력과 지위도 알고 보면 욕망의 절제가 어려운 한 사람의 인간, 남자라는 사실이었다.

향비를 궁 밖으로 탈출시키고 향비가 나비가 되어 날아갔다고 거짓말을 둘러대다가 탄로 나게 되자 마침내 황궁을 탈출하는 용감무쌍한 젊은 연인들.

황궁에서도 여느 가정과 마찬가지로 조금은 진부한 주제인 '가화만사성'이란 차일을 드리우고 드라마는 급반전한다. 가문 대대로 내려오는 가보인 검과 퉁소로 주유천하하다가 친동생인 제비를 만나는 소검. 그들 일행과 동거 동락해 온 소검의 덕성과 고결한 인품. 소검이 부모를 죽음으로 몰고 간 원수 건륭황제를 용서하는 것을 계기로 가화만사성의 평범한 유교식 가부장제의 가족관을 표방하면서 스토리는 긴박하게 말미를 향해 진행된다.

'용서가 인생 최대의 미덕'이라며 자미와 이강, 오 왕자와 제비가 황후와 그녀의 늙은 시종 용상궁의 죄악을 용서해달라고 간청한다. 그 순간 건륭황제의 복잡다양한 표정은 이 드라마의 일미라고나 할까 '아이들이 착하고 너그럽다'고 흐뭇해하는 한 편으로 황후에 대한 낙담, 원망, 혹은 후회와 분노, 난감, 괘씸 등등. 가식 없는 인간의 진면목을 보게 된다. 순결무구한 젊은이들의 관용의 정신과 선량함에 태후마마도 감동하여 마침내는 오 왕자와 제비, 이강과 자미가 혼례식을 올리게 되고 《황제의 딸》은 해피앤드로 대단원의 막을 내린다.

경자 씨로서는 설산의 화염처럼 겉은 차갑고 속은 뜨거운 여인, 태후마마의 총애를 받는 청아공주의 비단결같이 결 고운 심성과 지혜도 빼놓을 수가 없다. 청아공주는 아내의 자리도 아니고 첩도 아닌 자리는 싫다고 말한다. 자미만을 사랑하는 이강처럼 청아 자신에게도 환상과 꿈속의 이상형의 사람이 왜 없겠느냐며, 태후마마가 이강에게 시집갈 것을 권하자 자신의 의사를 분명히 밝힌다.

'자미는 신이 아니고 인간이고 여인입니다. 저는 두 여인을 취할 능력이 없습니다. 제 사랑은 둘로 나눌 수 없습니다.'

태후마마 앞에서 당당히 자신의 입장을 발표하는 멋진 사나이 이강. 그와 같은 남성이 자신에게도 어찌 없겠느냐라고 말할 수 있는 청아공주에게 경자씨는 머리가 숙여진다. 오직 자미만 생각하는 이강을 실제로는 좋아하면서도 정에 끌려가지 않는 청아의 현명함에 경탄을 금치 못한다.

어려서부터 자미를 시종 들던 금쇄가 유청의 간호를 받게 되면서 두 남녀는 사랑에 눈떠 모두의 축복을 받으며 결혼, 회빈루를 다시 개업하게 되는 사정도 눈여겨 볼만하다. 오라버니 유청과 금쇄의 사랑을 수긍하고 축복해주는 유홍도 여인의 격으로는 상격이 아닐까 싶다. 금쇄의 자기만의 사랑 찾기는 흉한들에게 쫓기는 와중에 다리를 다치므로 극적으로 성공을 거둔 게 아닌가.

행여 한 장면이라도 빠트릴 새라, 대사 한 구절이라도 그냥 지나치지 않고 경자씨는 정신을 총집중했고 하하하, 매번 신나게 웃었다. 혹은 깜짝 놀라고 혹은 안타까워하면서 몰두하던 ≪황제의 딸≫ 제2부가 막을 내리던 날 경자씨의 주변엔 논문에 관련한 어둠의 세력이 다시 몰려왔다.

≪황제의 딸≫ 주제가가 흘러나오면서 광활한 벌판으로 말 타고 달려가는 황제 권속들, 연인끼리 다정히 포즈를 취한 그 너머로 황홀한 노을빛이며, 각가지 색조로 치장한 그들이 입었던 중국 전통 치파오며, 노리개, 머리 장식들. 황궁의 연못과 정원, 내시가 기르던, 매번 사람들을 놀래게 하는 앵무새조차도 다 사라져간 것이다.

우리나라의 전래동화에서 호랑이에게 쫓겨 동아줄을 타고 하늘에 오르던 오누이와, 그 오누이를 좇아 썩은 동아줄에 매달려 올라가던 호랑이가 홀연히 지상으로 추락하듯, 극심한 실의와 울증이 경자씨를 덮치게 된 것이다. 그녀는 제비와 자미를 따라서 지구 끝 어디라도 가고 싶었다. 그들과 함께라면 세상의 어떤 고통도 능히 극복해 낼 수 있고, 그녀를 에워싼 학위논문 탈락으로 파생한 어둠과 절망의 그림자가 조금도 무서울 게 없을 것 같았다. 그러나 ≪황제의 딸≫은 막을 내렸고, 그녀의 논문 병은 점점 깊어갔다.

지하철은 출근인파로 빽빽했다. 빈 좌석은 고사하고 발

뒤꿈치부터 겨우 안으로 들여놓고 그렇게 꼬박 서서 가야 했다. 게다가 무가지 한 부씩을 펴들고 읽는 사람들이 꽤 나 있어 고개조차 마음대로 움직이지 못한다. 무가지를 무 차별로 돌리지 말든가, 초만원 상태에서는 두 팔을 넓게 벌리고 신문 읽는 일을 삼가 해주었으면 하고 염원했다. 그러나 승객들은 당연한 권리행사를 하듯, 옆 사람이야 불 편을 겪건 말건 아랑곳하지 않았다.

강남으로 연결되는 3호선 지하철은 경자씨의 피로감 따 위 싹 무시한 채 먼지와 안개가 자욱한 한강을 건너 압구 정, 잠원역을 지나 고속터미널역에 도착했다.

서울특별시를 뒤로 하고 고속버스는 달려간다. 이 길, 저 길, 큰 길, 작은 길. 길은 동서사방 눈이 미치는 모든 곳 에 뚫려 있다. 여러 갈래의 길을 두고 어느 길로 어떻게 가 야하는지에 대해서는 각자 선택사항이 아닌가. 이미 걸어 온 길, 가야할 길에 대한 경자씨의 상념이 분주한데 포도 과수원, 그 옆에 얕은 개울, 논둑길, 그리고 넓은 들판이 시원스레 보이고 멀리 산등성이 그 뒤로 더 높은 산이 아 득히 둘러있다.

길 위에서 벌어지는 일이란 오직 가는 일. 가고 또 가고, 사람이 가고 차가 가고 시간이 간다. 먼 길 떠나는 그녀처럼 일상의 번뇌와 괴로움 다 놓아두고 일단은 가보는 것이다.

짚차가, 2.4톤 트럭이, 아반테가, 카니발 파크, 에쿠스가, 개인택시, 금호고속버스, 무쏘, 포터, 스포테지, 봉고차, 소나타 등등이 각기 다른 색깔에 제 이름표와 번호판을 달고 힘껏 달려간다. 새 차도 가고, 지글지글 쭈그러진 고물차도 달려가고, 바퀴달린 것은 너나 할 것 없이 열심히 달려가고 있다.

몇 차례의 난만한 봄꽃과 여름의 무성함, 가을의 시 같은 정경, 그리고 순백 청순한 눈의 나라, 그 사계절의 특징과 아름다움을 십여 년이나 무심히 지나치고 나서 지리산을 찾아가는 그녀의 행보가 결코 가볍지만은 않다.

겨울을 이긴 보리 싹들의 함성이 여기저기서 일어선다. 시야가 미치는 범위에서 볼 수 있는 푸른 색깔은 보리밭이 으뜸이고, 포도밭 이랑에도 냉이와 망초가 올라오는가 싶게 푸른빛이 완연하다. 엊그제 내린 비에 버드나무 가지 끝에도 눈에 잡힐 듯 말듯, 푸른 기운이 감돌고 있다. 그러나 너른 들판 어느 지점에도 농부의 모습은 보이지 않는다.

봄이 더 가까이 다가올 때를 기다리고 있는 것인가. 급할 게 무어냐 하면서 작년에도 그 전해에도 해온 일인데, 마음 느긋하게 농기구를 손보거나 아직은 사랑방에 눌러 앉아 호박고구마 한 솥 쪄서 이웃과 나누어 먹으며 도시로 간 아들 딸 이야기가 더 신나는 때일지도 모른다.

어쩌면 매일 치솟는 달러와 휘발유 값과, 밤 자고 나면 껑충 뛰는 물가 걱정으로 농부의 살림살이가 편치 않을 수도 있을 것. 행여 내 아들, 내 딸자식이 직장에서 구조조정이란 명분으로 내몰리는 것은 아닐까 싶어 가슴 졸이고 있는지도 혹 모른다. 뼈골 마디마디와 무릎관절이 욱신욱신 녹아내리게 피땀 흘려 거둔 농산물을 팔아 비싼 등록금을 수년에 걸쳐 송금했어도, 대학졸업장 한 장 빼놓으면 뭣 하나 남는 게 없이 된 자식들 취직 걱정 때문인가.

보리밭에 듬성듬성 돋아난 벌금자리 뜯어다 나물 해먹을 엄두조차 안 나고, 시골 사는 부모님들 주름살만 늘어가는 것은 아닐까. 그녀는 제 설움에 겨워 후! 하고 한숨을 내쉬었다. 뾰족한 수라도 안 터지는가, 좋은 소식 한 줄 들어볼 수 없는가.

마을 입구에 수호신처럼 버텨온 오래된 나무 무참하게 베어버리고, 높은 산 파 헤쳐 무너뜨리고 뚫어내고 15층, 20층 머쓱하게 지어놓은 아파트처럼, 인간의 욕심은 끝도 없이 차오르고, 오르고 또 오르지만 영혼의 닻을 내릴 곳은 과연 어디인지, 하염없이 먼 허공 바라보며 한숨이나 뿜어내는 사랑방은 아닐까, 그녀의 공연한 근심은 사방팔방으로 뻗어나간 도로를 따라 무한으로 이어진다.

뭉툭뭉툭 잘려나간 가로수, 플러터너스와 버드나무가 봄을 머금었다. 봄은 오고 있고, 근심은 한적한 농가의 사랑방과 그녀의 뇌리에서 사라져 가야 할 추세다. '숲에 희망 있다'라는 현수막이 도로변에 우뚝 보이듯, 고향집 사랑방에도 봄소식은 서서히 도달할 터이다.

남쪽으로 가는 차 안에서 친구를 향한 그리움도, 삶의 걱정도, 논문에 대한 찜찜한 기억들이 한바탕 뒤섞이다가 경자씨는 깜박 잠이 든다.

어디쯤일까. 고전무용을 배우는 나무일까, 멋들어지게 휘어진 소나무 두 그루가 나타난다. 이 길로 수도 없이 오고 간 적 있으나 비로소 눈에 비친, 예술적으로 뻗은 소나무 두 그루는 처음 만나는 것 같다. 마주 보며 묘한 동작, 춤사위 벌이는가. 소나무 가족도 몸 비틀며 열렬한 사랑을 하는가. 풍우 견디느라 자연스레 굽어진 형상일까. 소나무의 사랑이 되었든 고초를 견디느라 기묘하게 휘어졌든 두 그루의 소나무가 그녀는 신통하다.

겨울 허수아비는 또 어인 일인가. 무엇을 기다리는가. 봄을 맞으러 미리 좀 일찍 출현한 것인가. 누구와 약속이라도 했는가. 아무 것도 남아 있지 않은 빈 밭에서 언 바람, 차가운 눈비 견디며 날아오지 않는 겨울새를 기억하는가. 겨울 허수아비는 오기도 없나. 인내심에 있어서 누구보다도 강하다는 사실을 증명해 보이고 싶은 것일까. 허수아비이긴 해도 긴 겨울이 어찌 외롭지 않을까. 그녀의 허수아비 연정은 다음 장면으로 연결되고 고속버스는 내쳐 속력을 내어 달려간다.

수틀에 수놓듯 정연하고 깔끔한 가족 묘 터. 정성도 돈도 어지간히 쏟아 부었을 터. 내노라. 여보아라, 라고 소리치는 듯하다. 세상에 살던 날의 영화와 지위와 부귀를 다 지고 갈 수 없어 거대한 비석에 새겼는가. 거대한 비석이 찍어 누른 그 땅의 가녀린 미생물. 그들의 절규를 듣고 있는가. 비석의 압력에 숨죽이며 어쩌면 그 숨 줄이 벌써 차단되었을지도 모를 일이다. 큰 비석 전면에 새겨진 글자들은 무엇을 설명하고 있는가. 호화찬란의 정도를 넘어서는 위압적인 어느 가문의 가족 묘 터가 계속 눈에 밟히고, 그 둘레의 산과 나무 가족들의 수런거림이 귀에 쟁쟁 울려오는 것만 같다.

고속버스는 배가 아픈 경자씨를 싣고 달려간다. 임신부처럼 속이 울렁거리면서 아랫배가 아프고 미식거린다. 아무

래도 차멀미 증상이렸다. 잘난 박사학위 논문 쓰느라고 오장을 다 버린 이유일까. 박사학위 따서 교수님 될 군번도 아닌데, 오직 공부가 좋아 PC 앞에 앉아 몇 년, 몇 달에 걸쳐서 숱한 밤을 지새운 그녀는 못내 답답하고 억울한 심정이다.

신탄진 대전을 지나면서는 바깥 공기가 달라 보인다. 밀폐된 차안이지만 봄바람이, 봄의 기운이 이 지역에서 좀 더 확실하게 감지되고 있다. 짙은 구름 여전한대로 은사시나무 숲, 소나무 동네, 상수리마을, 잣나무끼리만 사는 언덕, 그리고 시누대가 사이좋게 둘러선 곳과, 전나무의 높은 키가 쑥쑥 하늘로 뻗친 곳을 지나간다. 까치가 둥지 튼 우람한 나무들이 모여 사이좋게 공생공영을 구가하고 있다. 미끈하고 헌칠한 은사시나무는 산에서 단연 돋보이고 빛난다. 제비와 자미 오 왕자와 이강, 그들의 빼어난 용모처럼.

금산 휴게소에 이르러 경자씨는 제주도산 귤 몇 개로 차멀미를 달랜다. 몸 상태가 지극히 염려스러운 것이 점심밥 생각은 숫제 달아난다. 장수, 진안 표지판이 지나자 주변 풍경은 대부분 인삼밭이다. 산중턱까지 들어찬 인삼밭이 유난히 많아 그녀는 감회가 남다르다. 소설 쓰기도 힘겨운데 하물며 박사학위 논문이라니, 무엇이 그녀로 하여금 공부귀신에게 붙들려 옴짝 못하게 한 것일까.

배 과수원이 펼쳐진다. 배 밭 위로 촘촘히 쳐놓은 그물은 까치가 달려들어 잘 익은 배를 버릇없이 먹어치우지 않도록 예방하는 것일까. 경부고속도로와는 다른 멋을 풍기고 있는 이리구불, 저리 구불 휘어진 국도를 고속버스는 잘도 달려간다.

국민관광지라는 대형 간판이 서 있고, 장수 돌 석기공장과 장수호텔을 지나자 산 속에 조립식 주택, 통나무집, 별장치고는 궁색해 보이는 특이한 형태의 집들이 산마을의 주거양상을 변화시키고 있다.

장수번암 우체국 건물 뒤로 시누대 숲 속에 기와집 몇 채 보인다. 한 때는 양반 세도가들이 위세잡고 살던 집같이 규모가 방대하고 번듯하다. 그런가 하면 소쿠리, 광주리가 사이좋게 나란히 걸려있는 길가 오두막의 뒤란도 정답다. 시누대 숲 그윽한 동네를 지나고 보리밭과 홍송 우거진 거리를 지나 〈무진장 집〉이라는 식당을 지나갈 무렵 머리에 열나면서 속이 더 심하게 미식거린다. 잘못하면 억! 하게 생겨있다.

몸피에서 괴롭다는 신호를 수차례 보내도 쉬어주기는커녕 낮밤 없이 난해한 책에 매달리게 하고, 컴퓨터 앞에서 전자파에 과다 노출하기 수년 여, 내가 나에게, 너가 너에게 숱한 잘못을 저질러 온 것이 아니겠는가. 그녀는 궁여지책으로 죽염 조각을 두어 개 입안으로 털어 넣었다.

구례 화엄사 표지판이 나타난다. 목적지가 가까운 것 같다. 굴뚝에서 연기 나는 집도 있어 고향집으로 돌아가듯, 차멀미를 잠시 망각한 채 가슴이 다사로워진다. 좌우로 높고 낮은 산들이 둘러있고, 그 산 아래 묘지와 마을집들이 있어 생과 사의 세계가 서로 잘 조화를 이룬 동네 같다.

섬진강이 보인다. 에메랄드 빛 물빛이라고 했던가. 그러나 가뭄 탓인지 물깊이가 얕고 에메랄드도 비취색도 아니다. 물이 많이 줄어 있어 그 유명한 섬진강 표 재첩이나 살고 있을지 의아했다. 마시면 뼈가 튼튼해진다는 고로쇠약수 파는 곳이 보이고, 바야흐로 확연히 드러나는 아! 진짜 섬진강이다. 물비늘 아름답고 부드러운 바람결. 물새 유유히 날고 꿈꾸듯 아련한 강물의 율동. 낮은 산들을 휘돌아 흐르는 섬진강. 옛날의 그 정취는 아니지만 그녀의 섬진강은 여전히 가슴 저변에 존재하고 있다.

섬진강 위에 무지개 모양의 다리는 조금 낯설다. 섬진강의 명물인가. 섬진강의 큰 다리. 무지개 형상의 큰 다리가 있어 경상도와 전라도의 경계를 허물고, 그 살뜰한 정리를 이어주는 긍정적인 측면을 고려했을 터이다. 다리 건너편의 크고 우뚝한 산봉우리는 어느 걸출한 인재가 태어날 징표던가. 섬진강을 섬진강으로 더욱 빼어나게 하는 높은 산봉우리들.

난간에 주홍색 물감을 칠해놓은 다리를 지나자 선계를 방불케 하는 시적인 경관이 펼쳐진다. 인간이 차마 무슨 말을 더 할 수 있단 말인가. 섬진강의 진경을 대하자 그녀는 말문이 콱, 막히고 말았다. 이곳저곳 강안을 분주히 둘러보는 사이 부산교통 5216호 고속버스는 조영남의 화개장터 터미널에 도착한다.

산머루 술처럼 잘 익은 경자씨의 오랜 친구가 기다리고 있다. 친구와 손잡고 재회의 기쁨 나누며 청매화 홍매화 방싯방싯 미소 짓는 친구의 은거지에 이른다. 마을 앞산의 정다움, 푸근함과 만난다. 기왕 먼 길 떠나왔으니 지리산의 정기 진창 마시고 가자. 대문 안에 들어서기 바쁘게 그녀는 두 팔을 활짝 펼치고 심호흡을 한다.

경자씨는 친구가 있어 지리산 자락 악양의 상신마을이 좋다. 지리산의 밤이 깊고, 봄비 소리 정겹기만 한데 그녀는 뜨거운 온돌방에 몸을 의지한다. 친구의 53 선지식 찾아 헤맨 고단한 여정에 귀기우리며 감격한다. 이절 저절 구도와 순례의 행로를 마치고, 평화의 땅 악양에 이르게 된 친구의 역사.

경봉鏡峰스님의『삼소굴 일지三笑窟日誌』시 한 수가 뽕잎
차에 녹아내린다.

지나간 과거사 한 바탕 꿈이니 어찌 웃음을 금하겠나.
현재도 또한 꿈이니 웃을 수밖에
미래 또한 꿈이니 어찌 웃지 않겠나
세 가지를 웃어서 간파하니 웃음도 나오지만 웃을 것조
차 없네
웃음도 웃을 것도 없고, 없고 말고 할 것도 없네
상대도 없고 절대조차 끊어진 곳이 또한 무엇인가
하 하 하

過去一夢不禁笑
現在亦夢費一笑
未來卽蒙豈不笑
笑破三段笑无笑
笑而无笑无而无
無相待絶矣絶處甚麼
呵呵呵云云也

경자씨는 친구가 준『삼소굴 일지』를 소중하게 가슴에
안았다. 삼소굴 일지는 느닷없이 지리산에 온 사연을 익히
짐작할 수 있게 했다. 과거와 현재, 미래, 삼세에 걸친 꿈

을 초탈했다는 뜻을 가진 통도사 삼소굴 이야기. 문득 어느 해 봄 사과 꽃이 붉게 피던 날 통도사를 향해 달려가던 일이 그녀의 망막에 아른거렸다.

지나간 그 때 일 역시 꿈인데, 웃을 일 있으면 있어서 웃고, 웃을 일 없으면 없는 대로 웃을 수밖에 없다는 경봉 스님의 시구에 그녀는 전폭적으로 수긍했다.

그녀는 친구와 함께 자운영 예쁜 꽃이 발갛게 부푼 들녘을 돌았다. 온 산에 막 봉오리를 터뜨릴 듯싶은 매화나무가 지천으로 둘러있고, 한 겨울에도 얼지 않는 야채들이 너른 밭에서 생기를 뿜어내고 있다. 경자씨는 그냥 그대로 즐거웠다. 자꾸만 하, 하, 하, 하고 《황제의 딸》을 볼 때처럼 웃음이 폭폭 터져 나왔다.

과거도 현재도 미래도 생각하지 말고, 지금 세 번이나 큰 소리로 하, 하, 하, 하고 웃어보는 일 말고 그녀에게 무슨 일이 더 남아 있으랴. 이 세상에 웃지 못 할 일이란 존재하지도 않으니 그녀는 차라리 웃어보는 것이다. 경봉 스님이 그녀의 선지식이었다. 삼소굴 일지와 지리산이, 53 선지식을 찾아 헤매다가 도착한 친구의 정토, 악양의 상신마을이 웃음의 원천이었다.

차밭, 솔밭, 대숲이 펼쳐진 섬진강을 지나, 십리 벚꽃 길

벚나무 터널을 달려서 칠불사에도 올라갔다. 차창으로 보이는 것이라곤 인간과 자연의 합일로 빚어지는 순화된 아름다움. 고도의 동양화 기법이었다. 완만한 층을 이룬 광활한 보리밭과 계곡의 맑은 물줄기와 듬직한 바위들이었다.

무심하게 흘러가는 시간 속에서 경자씨는 창고 한 구석에 놓여있는 늙은 호박 한 덩이를 발견 한다. 오랜 잔병치레에도 죽지 않고 살아 있는 고향마을 어르신을 만나 듯, 반가운 마음이 앞섰다. 그녀는 하. 하, 하, 절로 웃음이 솟는다.

마당에 신문지를 펼쳐놓고 호박을 탔다. 그대로 두면 경자씨 논문처럼 도태될 운명이었다. 한 겨울을 밖에서 지나느라 약간 얼어 있었으나 그 안의 씨들은 온전했다. 씨알이 굵고 실해서 그녀는 흐뭇하다. 지리산 자락 악양에서 만난 늙은 호박 한 덩이, 그 씨앗은 심으면 다시 싹이 난다. 그 자잘한 씨앗들을 보는 게 경자씨는 즐겁다.

양지바른 곳에 호박씨를 내널고 그녀 특유의 웃음을 날렸다. 조심스럽고 은근한 웃음이 아니라 한껏 승화된, 재회의 감상이 응축된 웃음이었다.

경봉스님의 삼소굴 일지와, 악양 호박을 만나기 위해서 허위허위, 차멀미에 시달리며 먼 길 달려온 것일까. 그녀는 하, 하, 하, 통 크게 웃지 않을 수가 없었다. 눈물이 다

났다. 문득 《황제의 딸》에서 제비가 남의 감나무에 올라가 감을 따던 일이 떠오른다. 천진무구한 제비를 떠올리자 웃음이 연속 터져 나왔다. 그녀는 하. 하. 하 맑은 웃음을 흘리며 구들구들 마른 호박씨를 흰 종이에 쌌다.

"왜 벌써 가려고?"

"벚꽃 피면 다시 올 게"

"오랜만에 온 건데 진짜 너 왜 그래?"

"얼른 올라가야겠어."

"호박씨 구경을 못했니? 여기서 까먹으면 되지."

"이건 그냥 까먹는 차원이 아니야. 심을 거야. 품에 안고 가야 돼. 하,하, 하."

"남은 화가 나서 죽겠는데 넌 뭐가 그리 우습니?"

근 10여 년 만에 와서 냉잇국 한소쿰 끓여 먹고 며칠 안돼 간다고 하니 친구는 기가 찼다. 친구가 어디 그냥 친구인가.

친구는 화개터미널에 그녀를 내려놓고 뒤도 안 돌아보고 차를 돌렸다. 왕고집쟁이 소설가 꼴을 더는 보기 싫엇! 그럴 거면 뭣 하러 이 먼데를 왔어? 별꼴 다 봐! 하는 듯이.

그녀에게 경봉 스님의 삼소굴 일지와 호박씨 한 봉지가 지리산의 소중한 선물이었다. 호박씨를 생각하면 하하하,

하고 자신도 모르게 웃게 된다. 호박처럼 살자며 그녀는
아예 소리 높여 웃었다. 그녀의 '하하하'는 기존의 은근히
란 형용사에서 몇 단계나 훌쩍 뛰어넘은 혁혁한 발전이요
변화였다. 인생사 모두가 꿈이라며, 웃을 일 없어도 웃고,
있어도 웃고 살라는 경봉스님의 선시禪詩, 『삼소굴 일지』
를 읽은 은택이었다.

하하하. 그녀의 웃음은 ≪황제의 딸≫에 등장하는 중국
젊은이들의 호방함을 닮은 듯, 일생에 두 번 연출할 수 없
는 역사적인 웃음 사건에 해당되었다. 경봉 스님의 시구처
럼 웃을 일 있어도 웃고, 없어도 웃으며 호박처럼 둥글둥
글 살자. 그녀는 거듭 다짐했다.

과거 현재 미래 모든 것이 꿈이라고 하지 않던가. 그토
록 목숨 바쳐 매진해온 학위논문 탈락 사건도 지나고 보면
허망한, 한바탕 꿈이었을까. 하, 하, 하.

비 내리는 차창을 바라보며 경자씨는 친구가 닳여 주던
설록차 향기와, 『삼소굴 일지』를 읽던 지리산의 거룩한 밤
을 추억한다.

하, 하, 하

지리산의 거룩한 밤도, 악양 호박도 그녀에겐 오직 웃을
일 뿐이었다.

외나무 다리

외나무 다리

경애는 종각역에서 내렸다. 표를 내고 계단을 올라온 경애吳敬愛는 순희韓順姬가 일러준 인사동 5길을 찾느라 고개를 빼들었다. 경애에게 인사동 5길이라는 지명은 새삼스럽다. '인사동이면 인사동이지 5길은 뭐지?' 출근시간이 지난 거리는 다른 시간대에 비해서 조금 한산했고. 길의 폭이 더 넓어보였다.

200미터쯤 곧장 걸어가자 인사동으로 들어가는 오른쪽 도로에 건축용 차일을 쳐놓은 도시의 흉물이 나타났다. 두터운 차일 밖으로 쇠 소리, 돌 소리, 사람 소리가 한데 뒤엉켜서 고막을 자극했다. 사람들은 명품 도시, 사람 중심의 서울을 만들기 위해 파생되는 소음과 먼지를 견뎌내면서 그 길을 지나가고 있었다.

'공평 1.2 지구 도시환경정비사업 현장'이란 대형 표지판 밑으로 포클레인의 소음이 윙윙거리며 올라오는 것으로 보아 지금 한창 기존 건물을 때려 부수거나, 때려 부순 건물의 잔해를 끌어올리는 작업이 진행 중인 모양이었다. 차일을 덮어씌워 먼지가 밖으로 새어 나오는 것을 방지할 뿐 시끄럽기는 매한가지였다.

경애는 공평 1.2 지구 도시환경 정비사업이 벌어지고 있는 현장을 경중경중 뛰다시피 하면서 재빨리 지나간다. 경중경중 뛰는 동작이 경애는 즐거웠다. 그런 기분은 실로 의외였다. 별것도 아닌 일로 쉽게 즐거워지는 그 심사를 경애 자신도 납득하기 어려웠다.

유치원에서 출발하여 고교에 이르기까지 내리 14년 동창인 순희, 고1에 이르러서는 아예 순희 네 집으로 들어가 졸업할 때까지 함께 지냈던 순희, 최근 5년 동안 소식 없던 고향 친구를 만나는 날이어서 더욱 그런지도 모른다.

경애는 불현듯 C여중 시절 매스게임 연습할 때 L선생님의 둥, 둥, 둥, 울리는 매스게임 시작을 알리는 북소리가 생각났다.

'덩더쿵! 덩더쿵! 덩기 덩기 덩더쿵!'

L선생님은 북소리에 추임새를 넣으며 어깨를 들썩거렸다. 매스게임 연습이 있는 날은 다른 과목 선생님들의 항의가 잇따랐다. 두세 시간 동안 연속 울리는 북소리와, 여학생들이 집단으로 터트리는 여름 소나기 같은 웃음소리 때문이었다. 교실에서 수업을 진행하기 어렵다는 호소와 불만이었다.

L선생님의 북소리는 운동장 뿐 아니라 C여중 정문 앞 사직동 일대와 서공원의 충혼탑, 무심천 둑을 넘어 C시 중심과 우암산까지 들썩거리게 했으니까.

'덩더쿵! 덩더쿵! 덩기 덩기 덩더쿵!'

L선생님은 운동장의 단 위에 올라 앉아 한 손으로는 손바닥을 펴서 북을 잡고, 또 한 손으로는 북채를 들고서 상체를 들썩들썩 추켰다 내렸다 했다. 마이크를 앞에 하고 입으로는 연신 덩더쿵! 을 쏟아냈다. 신명이 고조되는 건 북채를 잡은 L선생님만이 아니었다. 너무도 근엄하여 평소에 감히 근접하기 어려운 교장실의 교장 선생님도 창밖으로 고개를 내밀고 북소리에 맞춰 어깨를 들썩이지 않을 수 없게 했다.

L선생님의 북소리가 울리는 것은 대개는 운동회가 열리

거나 시도 각급 학교 대항 매스게임 대회가 열리는, 추석 명절이 다가오는 가을의 중간쯤이었다.

경애는 피구나 농구로 때우는 체육시간과는 달리 매스게임 연습을 선호하는 편이었다. 그 이유는 순전히 L선생님의 북치는 소리에 기인했다. 제아무리 동작이 굼뜨고 땡볕 아래 운동장 수업을 싫어하는 여학생이라도 L선생님의 매스게임 시간은 비교적 반기는 눈치였다.

대회가 임박하면 전교생이 거의 다 모이지만 보통의 경우 학년 별로 연습했다. 학생들은 교실 수업보다 덩더쿵! 덩더쿵! 하는 신명나는 북소리에 홀려 둥, 둥, 둥, 하고 시작 북소리가 울려 퍼지기 무섭게 운동장으로 집합했다.

1학년에서 3학년까지 한 학급 60명씩 6학급(360명)에 곱하기 3으로, 전 학년 1천 여 명이 다 모이는 날은 시끄럽기는 또 얼마나 시끄러운가. 6 · 25 한국 전쟁 당시 B-29 공습 있는 날처럼 소란의 정도는 가히 C시 전체를 진동시킬 만큼 엄청났다. 대회 전 몇 주를 제외하고는 전 학년이 한꺼번에 모이는 일은 드물었으니 그나마 다행이었다.

'덩더쿵 덩더쿵! 덩기 덩기 덩더쿵!'

많은 세월을 살아오는 동안 경애는 L선생님의 북소리처럼 신나고 즐거운 소리는 더 이상 경험해본 일이 없다. 경애는 그 시절의 북소리를 흉내 내며 기분이 점점 고조되어 갔다. 건설 현장에서 쿵쿵, 윙윙, 하고 들려오는 각종 연장과 기계 소리마저 경애에게 소음이 아닌 경쾌한 군대행진곡의 반주처럼 들린 것일까.

경애는 자신도 모르게 이은상 작사 이홍렬 작곡의 '무심천을 지나며'를 흥얼거리고 있었다. 무심천이란 이름은 그녀가 태어나고 자란 C시를 상징하는 명칭이기도 했다. 1절은 술술 잘 넘어갔다.

2절과 3절의 가사가 생각나지 않더라도 경애는 노래를 중단하지 않았다. 앞의 음이 뒤의 음을 저절로 이끌었다. 부르기 좋은 대목은 되돌이표가 없어도 흥을 돋우기 위해서 반복해서 불렀다. 계속 부르다보니 찬 얼음 속에 냉이 싹이 뽀족뽀족 머리를 내밀 듯 노래 가사가 생생하게 살아나기 시작했다.

경애의 마음은 지금 가고 있는 곳이 어디인지 모를 정도로 아지랑이 펴오르는 봄날의 푸르고 푸른 보리밭 이랑을 넘나들고 있었다.

그 옛날 어느 분이 애타는 무슨 일로
가슴을 부여안고 이 냇가에 호소할 제

말없이 흘러만 가매 무심천이라 부르던가

무심천은 무정물이 아니고 유정물인가. 무정물도 감각과 정서가 꿈틀댈 수 있는 것일까. 유정물로 간주하면 인간의 한과 넋두리가 무심천을 대상으로 뿜어져 나오는 것인가. 무심천은 아무 응답이 없이 무심하게 흘러가서 무심천이란 이름이겠다?

경애는 무심천의 가사와 멜로디에 푹 빠진다. 그녀는 무심천을 지나며 를 내처 불렀다. 지나가는 사람이 경애의 노래 소리를 눈치 채도 상관은 없다. 길을 걸으며 노래를 부르는 것이 이상하다고 느낄 사람이 있을 것 같지 않다. 남의 일에 신경 쓸 만큼 사람들은 한가하기는커녕 남이야 전봇대로 이빨을 쑤시건 말건 남의 일은 안중에 없을 것이다.

전철 안에서 옆에 누가 있건 없건 한껏 목청을 돋우고 스마트폰으로 통화하는 사람들, 그 소리가 설사 귀에 설더라도 누구도 간섭을 안 한다. 아니 숫제 모른 체 하지 않던가. 쓸 데 없는 시비가 붙는 것이다. 소음의 제공자, 가해자가 피해자로 둔갑하거나 적반하장으로 덤벼들어 볼 상사나운 싸움질로 변질하는 예도 흔히 본다.

그렇다! 경선 언니도 피해자가 가해자가 된 그런 경우가 아닌가. 겨우 열일곱 살이던 경선 언니가 세상을 알면 뭘 얼마나 알았겠어? 죄도 없는데 덮어씌운 거잖아. 전쟁은 왜 났는데?

몇 번 연달아서 '무심천을 지나며'를 부르자 경애의 음색에 깊은 정감이 묻어 나왔다. 특히 슬픈 감정이 올라올 때 음색이 풍부해지는 것을 경애는 알고 있다. 언니에 대한 상념은 언제나 경애를 깊은 슬픔에 빠지게 한다. 경애는 그즈음에서야 2절의 가사가 새록새록 명확하게 잡혔다.

> 눈물이 실렸구나 보태어 흐르누나
> 원망이 잠겼구나 흐르는 듯 맺혀있어
> 지금의 여흘 여흘이 목이 메어 우누나.

경애는 갑자기 목이 메었다. 가사 내용이 구구절절 애타고 시름겨운 것으로 변한 것이다. 1절이 한의 서곡이라면 2절은 부글부글 끓어 넘치다가 마침내는 가슴속에 서리서리 맺힌 한이 눈물샘으로 솟구치는 정황이었다. '여흘 여흘'이라는 표현에서 경애는 언니의 원통한 심정을 조금은 알 것 같았다. 어쩔 수 없이 눈시울이 뜨거워진다.

늦장마에 무심천 물이 불어 바다를 연상케 하던 그 해 가을. 황토물이 집채 만 한 바위를 밀어내듯 쿠룽,쿠룽 꽝

음을 토하면서 흘러갔다. 물살이 거대한 파도처럼 세상을 삼켜 버릴 듯 요동치던 그 밤, 순희가 일찍 잠들자 경애는 조용히 방을 나와 뒤꼍 장독대에 올라갔다.

비구름 사이로 보름달이 환한 얼굴을 내밀고 있었다. 달 빛에 보이는 무심천이 무서움을 자아냈다. 천지에 홀로 서 있는 듯 경애는 지극한 외로움에 몸을 떨었다. 어머니가 그리웠다. 어머니가 간곳을 대라며 본정통에서 경애의 책 가방을 낚아채던 기호 엄마가 기억의 갈피에서 튀어나왔 다. 그녀의 표독스런 표정과 그 목소리!

경애의 입술에서 이번에는 정지상의 '대동강'이란 시가 새어나왔다. 한 번 듣고도 쉽게 외어지던 시였다. 경애는 가족들이 뿔뿔이 흩어져 순희 네 집에 혼자 남게 되었을 때 '송군남포 동비가' 하면서 그 구절을 외우고 다녔다.

우휠장제초색다 송군남포동비가
대동강수하시진 별루년년첨녹파

　　　　　　　雨歇長堤草色多 送君南浦動悲歌
　　　　　　　大同江水何時盡 別漏年年添綠波

비 개인 제방에 풀빛이 더욱 새로운데
남포로 님을 떠나보내는 마음에 슬픈 노래가 들리네
대동강 물은 언제나 다 마를 것인가.

해마다 이별의 눈물이 푸른 강물을 보태네.

달빛아래 무심히 흘러가는 무심천 물줄기. 경애의 눈물이 무심천의 거친 물살에 실려 멀리 미호천으로, 까치내로, 더 너른 바다를 향해 무심하게 흘러갔다.

'내가 너 책가방 들고 학교 다니는 꼴 봐줄 줄 알아? 당장 니 엄마 간곳을 대란 말이야.'

기호 엄마의 섬뜩한 목소리가 느닷없이 경애의 '별루년 년첨녹파'를 중단시킨다. 그 순간이 다시 닥친 듯 경애의 눈에서 더운 눈물이 주르르 볼을 타고 흘러내렸다. 건축현장에서 들려오던 온갖 소음이 일순 무슨 피아노 반주곡은커녕 귀신우는 소리로 변했다.

경애는 흐트러진 정신을 수습한다. 비로소 약속 장소인 한식전문 '운현궁'을 찾기 위해 주변을 돌아보았다. 순희가 말한 운현궁이란 고급 한식집은 쉽게 눈에 뜨이지 않았다. 안국동, 인사동 근처에서 수년 동안 살았던 경애였지만 운현궁이란 음식점 이름은 들어본 일이 없다.

순희는 왜 갑자기 경애를 만나자고 했을까. 동창회에 전혀 참석도 하지 않던 순희였다. 순희를 만난 것은 5년 전, 5년이나 지나서 경애를 호출한 것은 무슨 연유일까. 그런데 순희를 만나러 가면서 무심천 노래까지 홍얼거리게 된 자신이 경애는 기이했다. 아마도 노래는 좋은 일이 일어날 조짐으로 해석해도 좋을 것 같았다. 어떤 일이든 약간의 조짐이나 기미는 항용 있어왔다고 경애는 회고한다. 경애는 무심천을 지나며 3절을 부르기 시작했다.

임 잃고 외로워서 새벽달을 거니시니
나라이 망하오매 울며 고국 떠나신 이
쓸린 듯 끼치신 발자욱 나는 분명 보았노라.

일제강점기 시대, 독립 운동하러 상해로 떠난 애국지사를 사모하는 구절인가. 3절에 이르러 경애의 마음은 진흙 구덩이에 빠져들듯 비감해진다. 경애 언니역시 새벽 밝은 달을 밟고 탑동 형무소에서 서대문 형무소로 끌려 간 게 아니었을까.

경애는 운현궁이 얼른 찾아지지 않는 것이 오히려 잘된 일이다 싶었다. 그리움으로 1절을 부르고, 원망과 회한이 서린 2절, 그리고 망국의 슬픔을 읊은 3절까지 무심천을 지나며 를 부른 경애로서는 혹 운현궁을 못 찾고 발길을 돌려 집으로 간다 해도 허물이 될 수는 없다. 그녀의 감정 곡선은 고향 생각으로 인해 기쁨에서 한과 비애로 이동하며 고통스럽게 출렁거리고 있는 것이 아닌가.

이런저런 모임에 참석했을 때 어쩌다 고향 사람을 만나면 경애는 그냥 반갑고 푸근한 정이 솟았다. 경애는 그러나 고향을 생각할 때 푸근한 정 한 편으로 서러움과 통한이 가슴 밑바닥으로부터 울컥 올라오기 일쑤였다. 울컥 올라오는 그것은 기호 엄마와 무관하지 않은 것 같았다. 꼬불꼬불 볶은 파마머리를 흩날리며 사냥개처럼 달려들던 그녀, 경애의 책가방을 낚아채던 날 세고 험악한 몸짓. 키로 봐서는 단연 경애가 더 컸지만, 기호 엄마의 차돌처럼 단단한 몸뚱이를 경애가 막아내기에는 역부족이었다.

경애는 홈! 홈! 하면서 목소리를 가다듬고 오기를 부리듯 노래를 부른다. 노래는 천 가지 만 가지 상념을 밀어내기도 하고 불러오기도 한다. 특히 무심천의 노래는 경애의 감상을 부추기고 있다.

경애가 갑자기 걸음을 멈춘다. 그녀의 노래 소리도 피아니시모pianissimo로 변했다.

인사동으로 들어가는 길목에 '충청 상회'라는 작은 가게, 그 가게가 거기에 없는 것이다. 무슨 일이지? 그 가게에서 어떤 물건을 팔고 있는지 정확히 모른다. 경애는 오로지 '충청 상회' 간판에 눈이 고정되는 것이다. 고향 까마

귀만 보아도 반갑다더니 충청 상회 '충' 자만 보고도 경애의 마음이 그랬다. 그런데 왜 안 보이지?

경애는 그 가게에서 잡다한 소품들, 담배라든가 음료수, 김밥이며 샌드위치 등 간단한 간식 류를 팔지 않을까 하고 얼핏 상상해 본적은 있다. 왜냐하면 밖에서 보아도 '충청 상회' 규모는 왜소하고 비좁아 보이는 쪽방 수준으로 비친 것이다. '충청 상회'라는 간판이 가게 규모에 비해서 더 두드러져 보였으니까.

그렇다고 경애는 그 가게가 전적으로 궁상스럽고 비위생적인 어둡고 지저분한 분위기라고 단정하지는 않았다. 도심지에서 그만한 공간 누리기도 쉬운 일은 아닐 것이므로.

'충청 상회'가 있는 거리 전면은 꽤 넓게, 삼거리 형태로 시원하게 펼쳐져 있었다. 길 건너는 K은행 ○○지점을 비롯한 큰 건물 몇 동이 늘어서 있고, 사시사철 쏠쏠한 그림 전시회가 열리는 갤러리도 몇 군데 있다. 또 그 아래쪽은 경애가 '무심천을 지나며' 노래를 부르며 방금 지나온, 끊임없이 먼지와 소음을 쏟아내는 건설 현장이 거기까지 연결돼 있었다.

'충청 상회' 뒤로 몇 걸음만 돌아가면 웅장한 현대식 빌딩들이 빽빽이 들어선, 말하자면 더 서울스럽고 더 은익성을 갖춘 대도시다운 면모가 금세 나타난다. 충청상회만이 그 거리에서 가장 구식인데다 전후 C시의 옛 거리처럼 촌스러움을 표출시키고 있어 사람들 눈에 더 잘 띄는 효과를 얻는 것 같았다.

잘 보니 때가 덜 벗어진 것 같던 충청상회 간판을 밀어낸 바로 그 자리에 커피 전문점의 대형 간판이 걸려 있는 게 아닌가. 언뜻 보아도 새롭게 설치된 영문자 간판은 깔끔하고 세련되어 보였다. 상전벽해라더니 충청상회의 모습이 이런 형태로 바뀐단 말인가. 경애는 정다운 사람을 잃어버린 듯 허전했다.

경애는 그곳을 지나 인사동으로 걸어 들어갔다. 얼마 못 가서 또 한 곳, 이른 바 두 번째 상전벽해가 일어난 현장이 눈에 들어왔다. 알만 한 사람은 다 알고 있던, 시 제목처럼 길게 이어지는 그 이름 '제비가 물고 온 황금 박씨' 간판이 온데 간 데 없이 사라진 것이다.

기존의 것이 없어지고, 점점 더 세련, 편리, 고급화, 간소화로 격변하는 추세는 서울 정도 600년의 전통의 거리, 문화의 거리라는 인사동이라고 예외가 아니었다. 아니 더 심했다. 전통의 거리 문화의 거리라는 그 용어조차도 이제는 구태를 몰아내는 일일신신 一日新新 새 바람, 새 물결의 변화무상한 양상이었다.

제비가 물고 온 황금박씨가 그 집 주인을 흥부 네 일가처럼 부자로 만들어주지 않은 것인가. 제비와 박씨를 동경해서 옛 주인은 도시를 떠난 것인가. 부자의 꿈은 누구에게나 공평하게 이루어 질 수 없는 것이어서 그랬을까. 경애는 가게 주인이 높은 임대료를 요구하는 건물주에게 항의 한 번 못 하고 더 멀고 외진 곳, 황금박씨를 물고 제비가 찾아 올만 한, 적어도 임대료 걱정을 덜 하는 곳으로 떠난 게 아닐까 싶었다.

경애는 문우들과 모임을 갖거나, 문사철 동학들과 이곳에 자주 드나들었다. 먹음직한 파전이며 동태찌개가 구수했다. 무엇보다도 가격 면에서 우선 착한 가게였다. 찬바람이 인사동 거리에 술렁이던 초겨울 저녁에 묵무침을 안주로 막걸리를 마시며 동학들과 논문 탈락의 비애와 패배를 다스리던 추억의 아지트였다.

'제비가 물고 온 황금 박씨' 그 곳은 간판만 없어진 게 아니라 경애의 추억까지 깡그리 휘발시켜 버린 것처럼 보였다. 씁쓸했다.

경애가 태어나고 자란 고향도 그녀의 기억 창고 속에서 분연히 떨치고 일어나 어딘지 모르는 아득한 세계로, 지구

밖 행성으로 풍화작용을 일으키며 점차 소멸되어 가고 있는 게 아닐까. 결국은 꿈속의 고향, 추억속의 고향으로.

순희가 말한 장소는 왜 인사동에서 가장 붐비는, 외국 손님들도 자주 찾는다는 토방이나 부산식당이 아니란 말인가. 음식 값도 헐하고 긴 탁자에 마주 앉아 김이 설설 피어오르는 동태찌개를 대접에 퍼주는 고향마을 같은 밥집이 아니라 어쩐 운현궁? 대체 운현궁인지 창경원인지 그 집 간판은 인사동 어디에 붙었지?

경애는 은근히 짜증이 난다. C여중 L무용선생님의 둥, 둥, 둥, 매스게임 시작을 알리는 힘찬 북소리도 '무심천을 지나며'의 음률도 시들해졌다. 찾기 쉬운 음식점이 이 거리에 좀 많아? 왜 하필 운현궁이야? 운현궁은 진짜 운현궁으로 착각할 수도 있잖아. 운현궁으로 착각하고 그리로 가면 어쩔 거야? 운현궁이란 한식집은 순희와 무슨 연관이 있는 것인가. 혹 순희 그 막내이모가 과천의 '이모네 청국장'을 팔고 인사동으로 옮겨 개업했나.

손수 청국장을 제조해놓고서도 사람들은 과천의 순희 막내이모가 경영하는 '이모네 청국장' 소문을 듣고 근처 직장인들이 한바탕 난리를 치르듯 점심식사를 마칠 즈음 대거 몰려온다고 했다. 그렇다면 순희 이모가 운영하는 곳인가?

226

젊어 홀로 된 순희 이모의 손맛은 과천 관가 일대에서 첫손을 꼽는다는 이야기를 경애는 순희를 통해 전에 들은 바 있다. 순희가 약간은 과장을 했을 거라는 짐작은 가지만 같은 콩으로 메주를 쑤어도 손맛의 차이가 나는 사실을 순희 이모를 통해 더 잘 알게 되었다.

'부르르, 부르르'

스마트 폰이 떨고 있다. 경애는 그 소리를 감지하지 못한다. 충청상회가 사라져 버린 것. 제비가 물고 온 황금박씨가 없어진 것에 경애의 마음이 분산되어 있다. 황금박씨를 물고 인사동 제비는 어디로 날아간 것인가. 다양한 인간 군상이 거친 물살로 흘러넘치는 비정한 거리에서 제비 가족이 정 붙이고 살기에는 부적합했던가. 서울 도심지에 가을 하늘처럼 맑고 깨끗한 청풍명월의 기운이 머물기에는 적합하지 않아 충청상회가 사라진 것인가.

경애는 가던 걸음을 딱 멈춘다. 그녀는 전후좌우 거리를 노려본다. 행인들은 갑자기 돌출한 경애라는 장애물을 밀치고 골목으로, 큰 길로, 수도약국 사거리 쪽으로 제각각 분주한 발걸음을 옮겨놓는다.

'운현궁'을 찾아가는 경애의 방향감각은 1호선 종각역에 내릴 즈음 금석을 쪼개고 부수는 건설 현장의 소음을 아름다운 피아노 선율로 착각한 순간부터 이미 휘청거린 것이나 다름없다. 더하여 '무심천을 지나며'노래와 C여중 시절 매스게임 연습 때 L선생님의 북소리에 홀려 경애는 '운현궁' 간판을 그냥 지나친 것이 아닐까. 길을 가면서 공연히 노래를 흥얼대며 고향의 추억에 흠뻑 몰입한 탓이다. 이 모든 것이 고향 친구 순희 탓이었다.

전화가 연속 울린다. 경애는 전화를 귀에 댄 채 한 동안 길에 서 있다.

"경애야! 너 지금 어디쯤 왔어? 나는 벌써 왔단 말이야."

순희의 음성은 담담하다.

"어? 인사동 5길이 어디야? 운현궁이 안 보여 나는."

경애가 꿈속에서 깨어나듯 말했다.

"이런! 너 인사동에서 몇 년 살았다면서 인사동 5길을 몰라? 신○○ 영화배우 알지? 치과의사 했다는. 바로 거기야. 그 빌딩 지하로 곧장 내려오란 말이야! 그 지하에 고급 한식집 '운현궁'이 있어."

순희가 큰 소리로 말했다.

"뭐? 고급 한식집? 그게 지하에 있다고?"

건설 현장을 막아선 철판에서 인사동 5길을 알리는 화살표를 본 것 같기는 했다. 경애가 '운현궁'을 얼른 찾지 못한 이유는 인사동 5길로 오라는 순희 전화 때문이었다. 차라리 그냥 인사동이라고 하든가.

"정숙이랑 명희, 미선이는 다음 달 우리 모임에 초청하기로 했어. 이모에게 경애 너만 초대했다고 말했으니까 제발 어리버리 하지 말고 빨리 좀 나타나라. 오경애 알았니?"

"이모에게 말했다고?"

경애는 '황금박씨를 물고 온 제비' 예전의 그 집 앞에서 뒤를 돌아 걷기 시작했다. 100보 정도 느리게 걸어가자 오른쪽으로 치과의사이며 영화배우로 이름을 날리던 이른바 신○○ 빌딩이 나타났다. 지금도 변함없이 신○○ 빌딩인지 모르지만 어쨌든 경애가 알고 있는 그 건물 이름은 신○○ 빌딩이었다. 건물 전면은 맥도날드 간판이 요란했다. 이층은 또 무슨 호텔이었다. 경애가 인사동 살 때는 없던 새로 생긴 것들이다. 하루가 다르게 새로운 건물, 새로운 가게가 들어선다.

신○○ 빌딩 정문에 다다르기 전 오른쪽으로 지하로 내려가는 층계가 보였다. 비로소 경애가 황망 중에 찾아 헤매던 운현궁 한식전문 간판이 시야에 들어왔다.

에이! 여기였네! 괜히 갈팡질팡했잖아. 왜 안 보였지? 하긴 인사동살이 5년에 이곳처럼 거창한 간판을 달고 있는 음식점을 일개 서생에 불과한 경애가 와본 일은 거의 없다고 보아야 한다. 거창하다는 것은 간판의 크기나 면적만을 의미하지는 않는다. 핵심은 가격이었다. 얼른 메뉴를 훑어보니 다른 일반 음식점의 4배였다.

운현궁이란 이름에서 보듯 '운현궁'은 이모네 청국장 집 수준이 아닌, 명실공이 고급과 품격을 겸한 한식 전문점인 것 같았다.

경애가 더듬더듬 지하계단을 내려서자 왼쪽에 '운현궁' 출입구가 있다. 밖에서 짐작한 것보다 규모가 훨씬 크고 식당 내부는 은밀하고 아늑하다. 한지로 꾸민 등에서 새어 나오는 불빛은 차분하게 마음이 갈앉는 느낌이었다.

"경애! 어서 와라! 여기 찾아오느라고 애썼지? 어쩜 제 언니를 꼭 빼닮았네."

우아한 개량 한복 차림의 순희 이모가 다가와 경애 손을 덥석 잡았다.

"아, 예. 안녕하셨어요? 이모님! 여기는 언제 개업하셨어요?"

"저런 순희가 말 안 했구나! 나 과천 거 정리하고 서울 온지 일 년 좀 넘었어. 순희 쟤가 노상 미국 가 있어 갖고 전화로 목소리만 듣다가 나도 오늘 첨 만나는 거야."

"어머! 그러세요?"

"그러니까 오늘 내가 이참 저참 우리 선배님 모시고 조카들에게 한 턱 내는 거라구."

"어휴! 오경애. 너 왜 그리 길눈이 어두워?, 너 기다리다 나 눈 빠질 뻔 했어. 우후훗."

순희가 자리에서 일어나 경애를 얼싸안았다.

"이것아! 서울 살면서'운현궁'을 모른다면 말이 돼?"

"안 와 보면 모르지, 음식점 위치를 어떻게 다 꿰고 살아?"

순희 옆에 앉아 있던 노부인이 끼어들었다.

"아무튼 반갑다 어서 이리 앉아!"

경애는 자리에 앉으며 한지 등불 밑에 앉아있는 노부인에게로 시선을 돌렸다.

'……?'

"아, 참, 경애야! 인사 드려. 우리 이모 C여중 선배 윤숙례 왕언니야."

경애는 순희의 선배라는 말에 고개를 숙였다. 그 부인은 알듯 말듯 기억이 모호했다. 설사 같은 학년, 같은 반이라 해도 재학 중에 친하지 않았으면 잘 모르는 게 당연하다.

식탁에 요리 접시들이 놓여지기 시작했다. 음식은 과천

의 이모네 청국장 그 시절보다 모든 면에서 격상돼 있었다. 담는 그릇이며 담아 낸 솜씨와 실내 분위기 모두가.

"너! 오경선 동생 아니니? 나 몰라보겠어?"

윤숙례라는 여인이 경애에게 물었다.

"글쎄요? 어디서 뵌 적이 ……."

앗! 순간 경애는 경악한다.

"갈비찜 먼저 먹어. 우리 집 갈비는 좀 색다를 거야. 내가 직접 양념했거든."

갈비찜을 집어 각자의 접시에 놓아주며 순희 이모가 말했다.

"우리 막내 이모 음식 솜씨 끝내주는 거 경애 너도 알지? 자아, 우리 먹자! 선배님, 식기 전에 어서 드세요!"

윤숙례가 젓가락을 들고 갈비를 집는 대신 경애의 접시를 톡톡 쳤다.

"잘 보라구! 나 어디서 본 것 같지 않아? 정말 모르겠어?"

그녀가 채근하듯 말했다.

"선배님! 선배님이 내 친구 경애를 아세요?"

순희가 나섰다.

"알다마다! C시에서 그 유명한 오경선을 모르는 사람 있

232

어? 오경선 동생을 내가 왜 몰라? 그때 내가 쟤 엄마 소식 물으러 학교까지 찾아갔었는데…."

원수는 외나무다리에서 만난다더니 딱 지금이 그 상황이었다. 5년 만에 동창친구와 만난 자리에 순희 이모의 선배라는 여자와 합석일 줄 경애가 어찌 알았겠는가. 하필 그녀가 아득한 시절의 기호 엄마라니!

'야! 거기 서! 내 말 안 들려?'

유리창을 깨듯 날카로운 음성! 급기야는 대로상에서 경애의 책가방을 낚아채던 그 무지하고 우악스런 행동의 주인공. 경애는 가슴이 먹먹하다. 먹어도 체하기 십상이었다.

"경애야! 너 많이 먹어! 우리 이모가 다른 친구 빼놓고 너만 부른 게 다 뜻이 있을 거야! 너 글 쓴다고 맨 날 끼니를 비어 때린다며? 아무리 소설이 좋아도 끼니는 잊지 마라. 뭣하면 종종 여기로 밥 먹으러 나와. 나도 오랜만에 한국에 오니 이모가 해주는 요리가 젤이더라."

순희가 오른손 엄지를 펴들고 으쓱해 했다.

"선배님! 어서 드세요. 내가 가실 때 갈비 양념한 것 좀 싸드리기는 하겠지만 많이 드세요!"

경애는 운숙례 그녀를 유심히 살폈다.

변호사를 선임하러 서울에 간 어머니를 찾아다니던 그

녀, C시의 이름난 무속인 뒷시중이나 들던 어설픈 선무당 행색이 아니었다. 인사동 귀부인이었다. 그녀의 몸에 붙인 반지와 귀걸이 등 장식물이 그랬다. 그녀의 말투나 음성은 별로 변한 데가 없는 듯했으나 입고 있는 옷은 뚱뚱한 체형에도 불구하고 제법 맵시가 났다.

갑자기 경애의 귀에 L선생님의 북소리가 둥, 둥, 둥, 들려왔다. L선생님의 북소리에 취한 듯 경애는 더 이상 말이 없다.

스물 둘 이른 나이에 남자의 불같은 성화에 못 이겨 일찍 결혼한 순희 막내이모는 아들 딸 낳고 살림에 재미를 붙일 무렵 남편이 출장 중 교통사고로 세상을 떠난다. 그녀 나이 스물아홉이었다. 삼남매와 먹고 살기 위해 그녀는 남편의 사망 보험금으로 집 근처에 작은 분식 가게를 냈으나 실패를 거듭한다. 가까스로 자리를 잡아갈 만하면 주인집에서 세를 올리거나 가게를 비워달라고 했다.

젊은 여인 혼자서 가족의 생계를 책임져야 한다는 게 아득하기만 했던 순희 이모는 우연히 윤숙례를 알게 된다. C여중 선배라는 것을 알고 순희 이모는 터놓고 도움을 요청했다. 윤숙례는 한동안 순희 이모를 도와 주방 일을 했다.

234

차츰 사업은 탄탄대로를 걸었다. 순희 이모가 인사동으로 옮겨오면서 그녀도 따라오게 된 사연이었다.

순희 이모가 찻잔을 내려다보며 차분하게 말을 이었다.

"윤숙례 선배에게 들어보니 그게 경애 네 언니 이야기더라고. 경애 너를 보면 네 언니를 보는 것 같아. 그래서 순희에게 너를 부르자고 제의한 거란다. 인제 알겠어?"

순희가 경애를 쳐다본다. 곤혹스럽고 의아한 눈길이다. 경애 네 집안을 파탄 낸 장본인이 막내 이모의 선배일 줄이야!

"이제는 화해해야지. 그렇지 경애야! 너의 언니가 살아 있다면 얼마나 좋았겠냐만 어쩌겠니? 시대를 잘 못 만나 그리 된 걸!"

순희 이모가 결연히 말했다. 경애 언니가 요절한 까닭은 순전히 6·25 한국전쟁의 소용돌이였다는 암시가 그 말 속에 숨어 있는 것 같았다. 휴전 후 C시 일원의 고정간첩단 두목을 도왔다는 누명을 쓰고 감옥에 간 경애 언니.

"그때는 내 정신이 아니었어! 네 언니가 너무 예쁜 게 흠이었지. 너 네 집 사정을 속속들이 알지도 못했고, 워낙 들리는 소문이 흉했거든. 그 간첩 두목이 너의 집 사위가 될 거라는 둥, 그 사람이 간첩인 줄 누가 알기나 했나?"

"……."

"사실 경애 너의 부모님이나 너의 언니 아무 잘못 없는 거 내가 잘 안다. 나를 용서해라! 내가 죽일 년이야! 배인자도 죽고 없어. 우리 모두 시국을 잘 못 만나 한때나마 원수가 된 거 아니겠니."

경애 언니를 거짓 증언으로 사상범을 만든 배인자와 윤숙례는 이종간이었다고 했다. 경애 언니를 짝사랑하던 고정간첩단 두목을 경찰서 직원이던 배인자가 사랑한 게 사건의 단초였지 않은가. 간첩단을 도운 것도 배인자고 그들 집단이 준 돈을 받아 쓴 것도 경애 언니가 아니라 배인자가 아닌가. 그런데 무고한 경애 언니를 감옥에 넣고 배인자의 무죄를 증언한 게 윤숙례고, 윤숙례가 기호 엄마?

경애는 당시에 너무 어려서 저간의 사정을 정확하게 다 헤아리지는 못했다. 그러나 배인자를 무죄로 빼내는 과정에서 경애 네 일가에 끼친 윤숙례의 해악은 도저히 묵과할 수 없는 죄질이라고 확신하고 있었다.

경애가 가방을 집어 들었다. 순희 이모가 경애의 손을 잡는다.

"경애야! 제발 이러지 마!"

순희가 달려와 경애를 꽉 껴안았다.

"어후! 경애야! 경애야!"

순희가 경애를 끌어안고 볼을 마구 비벼댔다. 순희의 눈에 눈물이 그렁그렁 맺힌다.

'흥! 용서? 이제 와서 용서라고? 누가 누구에게? 지금 내언니와 부모님이 살아계셔서도 절대 용서는 안 돼! 도망치듯 떠나온 고향이 그립고 또 그리워 그리움이 골수에 사무쳐도 아니야 이건.' 경애가 입술을 깨물었다.

가진 것 몽땅 털어 딸을 무죄석방으로 구출했으나 아버지와 어머니가, 그리고 경선 언니가 차례로 저승길로 달려가던 그 여름 ○○동 화장터의 검푸른 연기가 떠올랐다. 서러운 영혼들의 피 터지는 울부짖음도 들려왔다.

전쟁은 영원히 없어져야 한다. 전쟁의 합법적 살인은 또 다른 범죄를 낳고 무수한 약자들이 그 총칼아래 유명을 달리한다.

으흐흑!

비통한 울음을 토하며 경애는 그 자리에 풀썩 주저앉았다.

| 소설가 변영희

청주 출생. 동국대학교(문학석사), 동방문화대학원대학교(박사)
1984 『문예운동』 소설 〈동창회 소묘(素描)〉
1985 『한국수필』 〈풍매화(風媒花)〉 등단

작품 : 장편소설 3부작 「마흔넷의 반란」, 「황홀한 외출」, 「오년 후」 소
설집 「영혼 사진관」, 「매지리에서 꿈꾸다」, 「입실파티」 수필집 「비오
는 밤의 꽃다발」, 「애인 없으세요?」, 「문득 외로움이」, 「엄마는 염려
마」, 「뭐가 잘 났다고」, 「몰두의 단계」, 「나의 삶 나의 길」, 「거울 연못
의 나무 그림자」, 「갈 곳 있는 노년」 E-book 「사랑 파도를 넘다」, 「이방
지대」, 「졸병의 고독」 외 15권

한국문화예술위원회지원금 (1회)
손소희소설문학상, 무궁화문학상소설대상, 한국수필문학상
한국소설가협회이사, 국제펜입회심의위원, 한국문인협회전자문학위원

감성과 색채의 소설

입실
파티

초판 1쇄 인쇄일 ｜ 2019년 6월 15일
초판 1쇄 발행일 ｜ 2019년 6월 21일

지은이 ｜ 변영희
펴낸이 ｜ 정진이
편집장 ｜ 김효은
부편집장 ｜ 이성국
편집/디자인 ｜ 우정민 우민지
마케팅 ｜ 정찬용
영업관리 ｜ 한선희 최재희
책임편집 ｜ 정구형
인쇄처 ｜ 국학인쇄사
펴낸곳 ｜ 국학자료원 새미(주)
　　　　　등록일 2005 03 15 제251002005000008호
　　　　　경기도 파주시 소라지로 228-2 송촌동 579-4
　　　　　Tel 4424623 Fax 64993082
　　　　　www.kookhak.co.kr
　　　　　kookhak2001@hanmail.net

ISBN ｜ 979-11-89817-13-8 *03810
가격 ｜ 12,500원